Katia
Trois fois

Coline ELENE

Katia
Trois fois

Roman

© 2023 Coline Elene
Édition : BoD – Books on Demand, info@bod.fr
Impression : BoD – Books on Demand, In de Tarpen 42,
Norderstedt (Allemagne)
Impression à la demande
Illustration : Benoît Meurzec

ISBN : 978-2-3224-9997-7
Dépôt légal : septembre 2023

À vious...

Danemark

Ile de Bornholm

Bourg de Svaneke

Mai 1971

Des heures qu'elle déambule dans les ruelles de Svaneke. Avec au cœur, une douleur.

Ce soir, elle quittera pour toujours - elle le sait -, sa vie insulaire.

La petite église rouge au toit noir et pointu. Les maisons à colombages des XVIIIème et XIXème siècles. Les boutiques artisanales des souffleurs de verre, peintres et céramistes. Les deux petits ports le long de la grand-rue. Vigehavn au nord. Hullehavn au sud. Tout un univers. Tout son univers. Depuis dix-huit ans déjà.

Ce soir, elle quittera la mer Baltique. Pour rejoindre Aymerick. À Cancale.

Dans moins d'une heure, j'y serai. Des mois que j'en rêve de ce jour J.

Vais pas tarder à quitter l'asphalte de la nationale pour glisser sur la départementale qui me mènera direct à Saint-Malo.

Je ne me sens pas euphorique, c'est mieux que ça. Une forme de béatitude. Heureux tout simplement. D'être à la frontière de ma nouvelle vie, sans regrets ni remords pour celle que je laisse derrière moi.

Officiellement divorcé depuis quatre jours, j'ai serré mon ex-femme ce matin dans mes bras, comme on le ferait avec une bonne amie. Elle m'a collé deux poutous sur les joues, et m'a traité de «vieux fou», avec un large sourire. Pour un peu, je serais retombé amoureux.

Mes grandes duduches de filles font leurs vies.

L'une à Berlin termine son Diplôme des Métiers d'Arts. À la colle avec un Helmut ou un Frantz, je ne sais plus. Un autochtone de son âge quoi, avec qui elle partage son insouciance, ses utopies et sa joie. Plus trop de place pour papa dans tout ça. Un SMS une fois par mois, quelques clichés sur WhatsApp les jours «on» (des selfies avec son chéri). Un coup de téléphone les jours «off», quand elle s'est chamaillée avec Helmut, Frantz ou Günther, décidément, l'allemand, j'imprime pas. À vingt-cinq ans, tout est devant. Et c'est beau comme ça.

Sa cadette de deux ans vit en Suisse, s'éclate dans le chocolat, et rêve de devenir reine de la ganache. Probablement génétique cette affaire. Ma grand-tante savait la faire comme personne et en faisait commerce à Saint-Malo.

Nouela Le Corre, dite «Nounou Ganache», possédait une chocolaterie-confiserie au cœur de la ville fortifiée dans les années vingt. Une sacrée bonne femme. Dont la réputation des produits dépassait largement les frontières de la cité corsaire. La ganache et les caramels au beurre salé de Nouela Le Corre se payaient le prix fort, mais on y revenait.

C'est elle qui guide mes pas jusque-là. Je l'ai bien connue Tata Nouela. J'avais vingt ans lorsqu'elle passa de vie à trépas. En 1995. Je me souviens de sa forte taille. En hauteur comme en largeur. De son visage poupon qui donnait envie de lui claquer des bécots sur ses bonnes joues roses et molles, mais qui en l'espace d'un instant, pouvait prendre une expression terrifiante, pétrie d'agressivité et de colère. Un drôle de personnage. Qui a toujours fait beaucoup jaser. Notamment au sujet de sa vie conjugale. Cinq maris qu'elle aura usés. La barbe bleue d'Ille-et-Vilaine. Car ils ont tous disparu de manière improbable, louche. Nounou Ganache serait-elle l'alter ego de Marie Besnard ou de Fleur de Tonnerre ? Ça me tarabuste cette affaire. Et me fascine en même temps. Je suis le seul de sa lignée à être tarabusté manifestement. Mon frère, mon père, ma mère, mes enfants, ne semblent pas être le moins du monde intéressés par la question. Mes grands-parents fermaient leurs visages les rares fois où j'ai abordé le sujet. Me disant qu'il fallait laisser ça là où c'était. Dans le caveau. Que remuer les morts, ça ne présentait pas grand intérêt, qu'il y avait eu suffisamment de fantasmes et d'affabulations autour de Nounou Ganache.

Bref, pas moyen de trouver un acolyte familial pour m'aider à résoudre cette enquête. Tant pis. J'irai seul. Retourner les souvenirs, faire parler les gens, les descendants car évidemment, les contemporains de Tata Nouela morte à cent-deux ans, sont tous aujourd'hui ses voisins de cimetière.

Avec mes deniers de jeune divorcé, j'ai fait l'acquisition d'un grand studio meublé, au rez-de-chaussée d'un vieil immeuble de quatre appartements. Face au phare des Bas Sablons. Toujours beaucoup aimé ce quartier lorsque nous venions en vacances à Saint-Malo avec mes parents. Suis content. Je vais me laisser vivre, au passé et au présent.

La tête dans les années vingt le matin, plongé dans l'écriture de la biographie de ma tantine. Le nez au vent le reste du temps, à déambuler dans la cité. Fouiner chez les libraires, taper aux portes des gens, glaner à la mairie, tenter auprès de la gendarmerie, m'amuser à enquêter.

« Tu vas vite t'ennuyer », m'a prédit Julie, mon ex-chérie. « Je ne te donne pas six mois pour te voir débarquer dans ta Seine-et-Marne natale, courir à ta boîte et supplier Stéphan de te rendre les clés de ta boutique pour reprendre ta vie d'avant ! ». Croit-elle.

Ma vie d'avant. Plan-plan. Passé plan-plan. Présent plan-plan. Avenir plan-plan. Nan. Je ne sais pas où me mènera Tata Nouela, mais j'y retournerai pas à ma vie d'avant. Non pas qu'elle fut détestable, mais elle m'a jamais fait vibrer cette vie-là. J'ai fait mon job. J'ai vendu de jolis habitats à des familles sympas. J'ai nourri ma famille, j'ai fait l'amour à ma femme que je n'ai jamais trompée (si l'on exclut un p'tit coup de canif dans le contrat, une égratignure en vingt-huit ans de mariage, du pipi de chat quoi). Jamais cherché à savoir si elle avait un jour grimpé aux rideaux pour un autre que moi. Ça ne m'intéresse pas. Grand bien lui ait fait si tel fut le cas. Les dimanches en famille. Des dimanches et des dimanches qui n'en finissaient pas. Pas vraiment souffert de ça. Mais vraiment pas planant en tout cas. Alors que Tata Nouela... Avec son cent vingt-cinq de tour de poitrine, sa peau douce, sa chair moelleuse que j'attrapais à pleines mains sur ses hanches du haut de mes cinq ou six ans à sa plus grande joie (elle riait aux éclats), ben Tata Nouela, elle enflamme mon imaginaire. Je plaque tout pour Tata. Je débarque à Saint-Malo avec mon ordi et ma valoche. Et je suis heureux comme Ulysse.

Voilà. J'y suis.

Place Monseigneur Duchesne. Numéro 23.

Nouveau moi en émoi.

Un coup d'œil au phare des Bas Sablons qui semble n'attendre que moi (Si, si ! j'en suis sûr, d'ailleurs il vient de me sourire là).

Je pousse la porte de l'immeuble.

Quatre boîtes aux lettres dans l'entrée. De vieux modèles gris acier.

Quatre étiquettes aux noms des habitants du lieu :

V. MARCHAL
(Ça, c'est Bibi)
K. RIOU.
K. BODERIC.
K. MORVAN

Trois K et moi.

Alors quoi ? Kurt ? Karl ? Korantin ? Kristelle ? Katel ? Kateline ? Klaus ?

Pas banal en tout cas.

Allez hop ! Faut que je sorte mon barda de la bagnole, que je fasse mon lit, quelques courses pour garnir le frigo, et ensuite, à moi la balade iodée sous le ciel bleu malouin tagada-tsoin-tsoin. Il est content Vincent. Vraiment content.

Presqu'un mois que je suis là, et pas encore croisé un seul de mes voisins. Bon, faut dire que je suis un peu en vrac question horaires. Je me lève quand ça me chante, et je me couche quand je baille. J'imagine bien que les locataires de l'immeuble ont des vies plus en phase avec leurs pendules.

J'ai connu ça moi aussi. La vie rythmée par une montre. Une montre dans le crâne. Une montre dans le ventre. Et parfois une dans le cœur.

Je ne cours plus après le temps désormais. Mais je trouve quand même le moyen d'être stressé. Ça porte un nom : la procrastination.

Je fiche rien.

Et ça commence à m'angoisser. Enfin angoisser, le mot est un peu fort. Disons «agacer». Mon moi-même agace mon autre moi-même. Y'en a un qui vit au présent le nez dans le vent, et qui voit pas pourquoi ça devrait changer. Et l'autre qui lui rappelle qu'il est pas venu s'installer à Saint-Malo en pré-retraite, mais avec le projet de réaliser la biographie de Nouela Le Corre. Et que ça va pas se faire tout seul.

Procrastiner, c'est terrible. Ça vous fait passer par des états psychologiques antinomiques, c'est éprouvant.

Donc, je fiche rien mais je suis crevé.

Hier, j'étais motivé. Je suis allé à la mairie de Saint-Malo. Tenter de pêcher quelques infos au sujet de ma tantine. Les dates précises de ses multiples mariages entre autres. Y'avait du monde devant moi. Trop de monde. Suis pas patient. Ça m'a saoulé, je suis reparti en me disant que je pouvais toujours commencer à écrire, que je laisserais des trous pour les dates. On verra plus tard.

En soirée, bien calé dans mon fauteuil en simili cuir rouge carmin, les doigts sur le clavier, j'attaquais mon deuxième paragraphe et ma vingt-septième ligne. Un exploit. Le premier depuis que je suis là. Lorsque tout à coup, au-dessus de ma tête, j'entends des petits bruits secs. Des pas. Pas des pas de chaussons, non.

Mon imagination m'a suggéré des talons télescopiques. Partant de là, j'ai visualisé des talons aiguilles top glamours. Chaussants des pieds rosés réhaussés de longues jambes bien galbées. Elles-mêmes surplombées par un joli bassin, agrémenté d'un torride fessier. Lequel serait totalement dévoilé par la subtile et on ne peut plus légère présence d'un string finement brodé.

Ça m'a mangé une heure cette crise hormonale. Comment voulez-vous que je m'en sorte si ma testostérone s'en mêle ? C'est pas Tata Nouela avec son physique de nougat qui va m'aider là. J'ai quand même affiché sa photo au-dessus de mon bureau. Lorsque mon esprit s'égare, je reviens à mon point de concentration. Des fois, ça marche.

Bon, enfin dans tout ça, je sais maintenant que j'ai une voisine.

Quel âge ? Vingt, trente, quarante, cinquante ans ? Plus ? À quelle période de sa vie une femme cesse-t-elle de porter des talons télescopiques ? Y-a-t-il une limite temporelle ? Est-elle brune, blonde, rousse ? Et si c'était un transgenre ? À la bonne heure, ça calmerait mes ardeurs...

Je vais aller faire un tour en ville. Des tours en ville, je sais faire. Je fais que ça du reste la plupart du temps. J'ai repéré une librairie à deux pas d'ici, peut-être que je pourrais y trouver des lectures inspirantes, ou à défaut, de quoi combattre ma procrastination en « glandant utile ». En lisant, une ou deux biographies, ça me donnera sûrement des pistes pour structurer celle de tantine.

Allez hop, mon vieux coupe-vent «à la papa», et j'y va.

Bon sang, ça souffle. J'ai pas long à faire, tant mieux. Vais marcher tête baissée, pour bien ioder mes cheveux. Reste à savoir si l'iode est bénéfique pour la chevelure d'un presque quinqua. À étudier. Enfin, non, à laisser tomber. Qu'est-ce que je peux perdre comme temps à me poser des questions stériles. Sûrement un symptôme commun aux grands procrastinateurs.

De la lumière dans la librairie. Rien que ça, ça me réchauffe les poils.

Je rêve ou la blondinette de la boutique d'à côté m'a fait un signe ? Ça doit pas être pour moi, je trace.

— Monsieur Marchal !

Ah ben si, c'est pour moi.

— Oui ?

— Bonjour Monsieur Marchal. Je suis votre voisine du dessus, Katia Riou.

Un rapide coup d'œil à ses chaussures me confirme la plausibilité de cette affirmation. Elle porte des escarpins à talons super-télescopiques. Bien plus hauts que ceux que j'avais imaginés. Et pourtant, je n'y étais pas allé avec le dos de la cuillère question hauteur fantasmée.

Elle me tend une menotte parfaitement manucurée, et m'offre un sourire aux quenottes bien blanches et parfaitement alignées. Une petite beauté. Pas loin de la trentaine. À peine plus âgée que ma fille aînée. Ça devrait me calmer d'emblée. En théorie. Ben pas du tout. Suis tout émoustillé.

Elle m'invite à entrer dans sa boutique. Esthéticienne. Qu'est-ce que ça sent bon là-dedans...

Je bafouille :

— Merci, merci... Et bien... Enchanté ! Et surtout ravi de mettre enfin un visage sur ma voisine du dessus ! Mais vous, comment avez-vous su que c'était moi, enfin, que j'étais votre voisin quoi ?

— Je vous ai croisé il y a peu sur la place Duchesne alors que vous sortiez juste de l'immeuble. J'étais avec des amis et je n'ai pas pris le temps de vous saluer. Un autre jour, je vous ai aperçu y entrer. Vous êtes le seul homme de l'immeuble, la déduction était simple !

— Je suis le seul homme ? Entouré de trois femmes, c'est charmant ! Bonne déduction de votre part, mais j'aurais pu être un ami de l'une de nos deux voisines, ou un «backdoor man» !

Bon là, j'ai merdé. Faire une allusion culturelle à «l'homme de la porte de derrière», en référence à la chanson des Doors qui date de 1967, alors qu'à cette époque Miss Katia nageait en apnée dans les roupettes de son papa, c'est ce qu'on appelle de l'humour anachronique. Anachronique et à caractère libidineux vu le thème de la chanson. D'ailleurs, elle ne rebondit pas sur ma blague d'âne bâté, ne fait ni semblant de comprendre ni ne m'interroge pour explications. Intérieurement je l'en remercie. Quel crétin lourdaud je suis.

Elle poursuit :

— Vous n'avez pas encore fait la connaissance de vos deux autres voisines ?

— Mais non ! J'écris voyez-vous, je n'ai pas d'horaires «de bureau» en quelque sorte, et je ne suis là que depuis moins d'un mois. Ceci doit expliquer cela. Une chose m'intrigue au sujet de mes voisins. Enfin, de mes voisines du coup. Vous portez toutes les trois un prénom qui commence par la lettre K et...

Diiiiiiiiinnnnggggg.... Dooooonnnnnggggg...

Une dame d'un âge certain, aux cheveux «blanc bleuté» - comme seules savent les arborer les personnes de cette génération - vient de faire sonner le doux carillon de la porte d'entrée.

Katia Riou pose sa main délicate sur mon avant-bras et me susurre :

— La dame vient pour un soin, elle a rendez-vous. Je passerai vous voir un soir après le travail. Nous prendrons le temps de discuter. Vers vingt heures, ça vous irait ?

— Et comment ! Enfin... je voulais dire... bien sûr, avec grand plaisir !

Mais quel gros ballot...

Si avec mon «Et comment !», elle n'a pas capté l'effet qu'elle me fait, c'est qu'elle est d'une pureté d'âme et d'une naïveté sans nom.

Je suis grillé. Comme un cochon sur un brasero un soir d'été.

Je vais me ressaisir. Lorsqu'elle viendra chez moi, je serai de marbre. Et au bout d'une heure, je la mets dehors. Suis pas là pour papillonner. Vais pas me laisser déstabiliser par une gamine. Je suis un presque quinqua responsable, mâture, et écrivain depuis hier soir puisque j'ai rédigé mes vingt-sept premières lignes. Si Katia me perturbe avec ses talons télescopiques, je jetterai un coup d'œil à la photo de Tata. Ça me calmera. Recta.

Merde ! Mais qu'est-ce que je fous là moi ? Suis rentré direct au studio sans passer à la librairie !

Des hallebardes tombent au dehors. Je distingue à peine le phare des Bas-Sablons derrière ce rideau de pluie. Ça tonne par moments. J'aime bien. Ça me met dans l'ambiance de mon roman. Je dis «roman» parce que j'ai changé de cap finalement.

La biographie, datée, structurée, au plus proche de la réalité de Nouela Le Corre, j'ai senti que j'allais m'emmerder. Alors je pars sur une adaptation libre. Très inspirée de la vie de Nounou Ganache certes, mais je prends un pied total à laisser aller mon imagination, qui a manifestement grand besoin de s'exprimer.

Je mets le réveil le matin désormais. À huit heures. Pas trop tôt, pas trop tard. Je sors marcher. Obligé. Contre vents et marées. Je rentre soit trempé, soit congelé, mais aéré. Je procrastine un peu. Sans culpabiliser. Je réfléchis au plan du roman, je le peaufine, je l'épice. Je fais des pompes aussi. Mais pas trop. Ça fait mal. Je déjeune, et je commence à écrire. En milieu d'après-midi, pause d'une heure. Lecture en général. Ouvrages locaux sur Saint-Malo, ou bien contes et nouvelles par des auteurs du coin. J'y trouve parfois des choses intéressantes, d'un point de vue historique ou géographique, que je peux repiquer pour étoffer mon histoire. Et puis j'y retourne. Dans le dur de l'écriture. En début de soirée, je perds ma concentration. Mes mains deviennent moites et mes pieds poites. C'est l'heure où les hormones supplantent les neurones. C'est «l'instant Katia». Le créneau horaire de dix-neuf heures trente à vingt heures, est un enfer pour moi.

Katia Riou n'est jamais venue toquer à ma porte depuis le fameux jour où elle me fit entrer dans sa boutique d'esthétique. J'en suis à la fois soulagé et vexé.

Soulagé parce que je crains de ne pas me comporter de manière très naturelle face à elle. Peur de trahir mon trouble. «Tout passe par le cognitif» m'a dit un jour un psy-coach dont j'ai oublié le nom mais bien retenu la leçon. «De vos pensées découlent vos émotions». Bah oui, mais des fois, la tendance s'inverse et je perds les pédales.

Vexé parce que manifestement, je ne lui ai

fait aucun effet, et qu'elle doit me voir tel que je suis, à savoir, un voisin quasi-quinqua, un papi quoi. Qu'elle viendra saluer à l'occasion, le jour où elle n'aura rien de mieux à faire. «Et c'est très bien comme ça», me souffle ma raison. «Oui, mais je suis vexé quand même», répond mon ego.

Bref, tout ça pour dire qu'entre dix-neuf heures trente et vingt heures, je suis dans mon fauteuil, droit comme un i (tout juste si je ne lève pas la patte tel un chien d'arrêt), aux aguets, l'oreille pointée, guettant l'ouverture de la porte d'entrée de l'immeuble. Une demi-heure dans cette posture, c'est long. Passé vingt heures, c'est le bonheur. Je relâche tout dès que j'entends les pas de Katia emprunter l'escalier, sa porte s'ouvrir et se refermer, ses chaussures télescopiques valdinguer au-dessus de ma tête. Je me tourne alors vers mon clavier, et je replonge dans les aventures de tantine, à qui je fais vivre des trucs aussi loufoques qu'improbables. Je me poile.

L'orage s'est calmé. J'ouvre la fenêtre en grand. Que j'aime cette odeur. L'ozone combinée au pétrichor et les composés aromatiques du bitume sont un régal pour mes narines.

Je ferme les yeux.

À cette atmosphère olfactive délicieuse, viennent s'ajouter des sons cristallins. Une mélodie céleste, féérique, qui me rappelle les antiques boîtes à musique. Ce n'est pas la première fois que j'entends ces sons enchanteurs. Caressants. Cela vient de l'appartement de ma voisine du rez-de-chaussée. Que je n'ai toujours pas eu l'occasion de croiser. Ça m'intrigue. Je lui glisserais bien un mot sous sa porte. Pour lui demander de quel instrument émanent ces notes si pures. Mais j'hésite. N'est-ce pas aller au-devant d'un nouvel écueil qui viendrait perturber un peu plus ma concentration ? Déjà mise à mal au moins entre dix-neuf heures et vingt heures chaque soir.

Si cette voisine s'avère être le clone d'Ava Gardner, le sosie de Lauren Bacall ou la copie de Bardot, je serais juste bon ensuite, à me shooter au bromure. Qui n'est finalement rien d'autre qu'un sédatif. Incompatible avec mes séances d'écriture nocturnes.

Bon, évidemment, la probabilité de ma théorie est faible, voire nulle. Mais je pourrais aussi me retrouver devant un schéma inversé. Face à une septuagénaire chic et cultivée, une malouine de souche, susceptible de porter à ma connaissance des éléments intéressants pour mon roman. Mais qui pourrait s'amouracher de ma personne. Ce qui ferait que je serais contraint et forcé de l'éviter, de cibler ses sorties et ses entrées, je passerais mon temps à slalomer entre les horaires de Katia du dessus et ceux de la voisine d'à côté. Sans parler de la troisième voisine, celle du même palier que Katia aux talons aiguillés. Dont je ne connais pas non plus le physique et préfère ne pas y penser. Ma vie deviendra un enfer, et je serai obligé de déménager.

Mais qu'est-ce que je peux être con des fois...

Tata, aide-moi. «Aide-toi, le ciel t'aidera», répondit dans ma tête, la voix de soprano lyrique parfaitement antinomique au physique cubique de ma grand-tante fervente catholique.

Un papier, un crayon, je me jette.

Bonsoir «voisine d'à côté»,

Voici plusieurs soirées que je suis à la fois charmé et intrigué par les mélodies qui viennent flatter mes tympans depuis votre appartement.

Je suis un piètre mélomane, et ne parviens pas à

identifier l'instrument dont il s'agit. Auriez-vous l'extrême gentillesse d'éclairer ma lanterne ?

Votre voisin,

Vincent Marchal

Chaussettes aux pieds pour optimiser la discrétion, je patine plus que je ne marche jusqu'à la porte d'en face.

Hop ! Je glisse le pli sous la porte.

Retour rapide chez moi, ni vu ni connu.

Vingt-trois heures et des brouettes.

Franchement, je suis fier. J'ai bien dropé. Pas une minute de déconcentration, j'ai noirci quelques pages sur mon écran. Ça demandera un temps de réécriture évidemment, mais j'ai jeté les idées, et c'est cohérent. Et je vois droit devant. Je sais où je suis et je sais où je vais dans ce roman. Rassurant.

Quelques étirements, un grand verre d'eau, et je vais me coucher.

Oh ! Mais c'est que j'ai un retour de pli sous ma porte ! Chouette ! Une voisine réactive.

Bonsoir voisin du rez-de-chaussée,

Les sonorités aiguës, douces et cristallines qui traversent mes murs pour venir charmer vos oreilles, sont produites par des marteaux frappant des lames en métal, similaires à celles du glockenspiel.

J'espère, par le biais de ces indices, vous avoir aidé à reconnaître l'instrument dont il est question.

Katia Bodéric

C'est une joueuse. Elle pique ma curiosité. Elle teste ma culture générale. Glockenspiel. Jamais entendu ce nom-là. Je t'en ficherai des glockenspiels. Voyons-voir ce que dit le Net à ce sujet.

Bon, j'ai trouvé. Il s'agit d'un célesta. Instrument à percussion et clavier. Il ressemble à un petit piano droit et se joue de façon similaire. Ben, je ne connaissais pas. Je sens que Tata Nouela va se mettre au célesta dans le prochain chapitre.

Dans tout ça, j'apprends aussi que ma deuxième voisine s'appelle Katia.

C'est fort tout de même. Manquerait plus que la troisième soit une Katia elle aussi, et j'aurais le sentiment désagréable d'être tombé dans un jeu du genre Jumanji. Projeté malgré moi dans un monde parallèle envahi de «Katia», destinées à me perturber, peut-être par le truchement de Nouela Le Corre elle-même, que le projet de sa vie romancée par mes soins contrarie fortement. Une froide vengeance orchestrée à mon encontre depuis les tréfonds d'une tombe malouine.

Calme-toi Vincent. Reviens à ta tranquillisante rationalité, réponds à ta voisine et va te coucher.

Je vous remercie de votre réponse.

Vos indices n'ont toutefois pas réveillé d'éventuels vieux souvenirs de culture musicale. J'ai séché lamentablement. Et ai donc fait le choix de la facilité en faisant une rapide recherche sur le Net. S'agit-il bien d'un célesta ?

Le temps de faire un aller-retour à sa porte, de me laver les dents et d'enfiler mon pyjama, un pli avait déjà glissé sur le parquet de mon entrée.

Demain dimanche, si vous n'allez point à la messe, passez donc en fin de matinée, je vous interpréterai « Dance of the sugar plum fairy » de Tchaïkovski. Nul doute que cet air vous soit familier...

Comme je n'ai pas de son et pas d'image,

difficile de savoir si Katia Bodéric me taquine ou si elle est on ne peut plus sérieuse.

Supposer que je puisse aller à la messe un dimanche matin, c'est vraiment mal connaître son voisin.

J'irai demain. Écouter cet extrait de «Casse-noisette» sur le célesta de Katia. Air qui m'est bien évidemment familier. Ma culture a ses limites, mon ignorance aussi.

Dimanche 22 octobre 2023
Studio, 23 Place Duchesne

Presqu'onze heures. Ça me paraît raisonnable pour un horaire convenu de fin de matinée.

Je suis parfaitement détendu. Tout juste si j'irais pas en chaussons chez Katia du rez-de-chaussée.

Je toque trois petits coups que je qualifierais volontiers d'élégants à la porte de ma voisine. Qui m'ouvre dans un laps de temps au moins aussi distingué. Ni trop d'attente, ni trop peu. «Une femme pondérée», me dis-je. «Une quinqua ou presque», me dis-je encore.

Plutôt grande. Des cheveux châtains mi-longs denses et légèrement bouclés. Un sourire lumineux. Une touche de malice dans les yeux. Bleus. Limpides. Presque translucides. On doit y voir son âme lorsqu'on lui fait l'amour. Vincent, bon sang...

Elle me tend une main ferme et souple à la fois.

— Enchantée Monsieur Marchal !

— De même Madame Bodéric, ravi de mettre enfin un visage sur le nom de ma voisine de palier.

Elle m'invite à entrer, me fait asseoir dans un fauteuil club en cuir juste assez élimé pour en accentuer le style vintage soigneusement étudié. Les murs de son appartement, mats et blancs, mettent en valeurs photos et tableaux. J'aperçois rapidement un cliché d'elle en noir et blanc, devant ce que je pense être un handpan.

On se raconte nos vies, dans les grandes lignes. J'apprends qu'elle est professeure à l'école de musique de la Côte d'Émeraude à Saint-Malo. Elle y enseigne le célesta. Et pour son plaisir, joue du handpan. Bien vu Vincent.

Puis je lui pose la question qui me taraude depuis un moment :

— Pourriez-vous m'éclairer au sujet de ma troisième voisine, dont l'initiale du prénom est également la lettre K ? Ne me dites pas…

Elle renverse sa tête dans un grand éclat de rire. Lauren Bacall l'espace d'un instant.

— Katia Morvan ! Et oui, c'est fou, improbable et amusant ! Nous sommes trois Katia au même endroit. Pur hasard… Katia est cartonnière. Elle tient une très jolie boutique à deux rues d'ici.

— Cartonnière ? J'avoue que j'ai du mal à me faire une représentation de ce métier...

— Elle confectionne des contenants de luxe. Des boîtes, des étuis. Qu'elle habille ensuite avec des papiers vernis, gaufrés ou pelliculés, ou des tissus tels que la soie, le velours ou le satin. Elle utilise le cuir aussi. Ses réalisations sont magnifiques. Originales et soignées. Vous devriez aller y jeter un œil, ce serait l'occasion de la rencontrer et de voir de très belles choses.

— Merci de cette recommandation, c'est engageant en effet. J'irai.

Elle éternue. Et sort un mouchoir de sa poche. D'une grande finesse. Avec une lettre brodée. Un K bleu clair. Cette dentelle d'un autre temps tranche avec sa personnalité de femme résolument moderne dans son apparence.

— Votre mouchoir est charmant.

— Il me vient de ma grand-mère. Je ne sais pas si elle l'a confectionné elle-même, je ne crois pas, mais je l'aime beaucoup.

— Jolie pièce.

— Merci ! J'y suis très attachée, une relique sentimentale... Êtes-vous disposé à écouter quelques mesures de célesta ?

— Mais bien entendu ! Ce son si particulier m'enchante.

Katia se lève, sourire aux lèvres et se place devant l'instrument.

Vraiment magique ce moment. Je replonge en enfance l'espace d'un instant. Á l'époque où j'écoutais «Casse-Noisette» sur mon radio-cassette.

Fin de l'instant planant. Je la remercie.

Il est presque treize heures. Mon estomac se manifeste discrètement. Je me lève.

Elle ne m'invite pas à déjeuner. C'est dommage, chez moi, je crois bien que je n'ai plus grand-chose à becqueter. Des nouilles. Des chips. Un peu de mayo, et une petite compote en dessert. Repas frugal de célibataire peu soucieux de son équilibre alimentaire.

De retour dans mon home sweet home, j'ai avalé chips, nouilles et mayo. Et là, affalé sur mon canapé, je ne me sens pas bien du tout.
Je suis allé rechercher le pot de mayonnaise dans la poubelle, un doute sur la date de péremption.

Bingo. Date dépassée de dix jours. Il en fallait pas plus pour réveiller ma propension à l'hypocondrie.

J'ai des hauts-le-cœur. Le canapé chavire

chaque fois que je ferme les yeux. Je pense aux Katia. Katia trois fois, j'en reviens pas. Je glisse vers la paranoïa. C'est quoi le planning de mon karma ? Si je pouvais régurgiter mon triste déjeuner, j'aurais les idées plus claires. Ma tête est plombée. Pas la force de me lever. J'ai l'impression de m'enfoncer dans mon sofa. Je dois avoir de la fièvre, je suis trempé. Et si elle m'avait empoisonné ? Pas la mayo, mais ma voisine de palier. Je revois ses yeux. Pas humain un bleu pareil. Je l'habille d'un costume de sorcière. Ça le fait bien. Je suis terrifié. Et Katia du dessus ? En nécromancienne, pas mal non plus. Elles ont du potentiel pour le surnaturel. Halloween, c'est dans une semaine. J'essaie d'imaginer Katia la cartonnière. Katia Morvan. Rien que le nom me fait claquer des dents. Elles vont me bouffer tout cru. Faire de moi leur objet occulte. M'attacher. Me torturer. M'humilier. Trois pies-grièches. Je vais en baver. Je joins mes mains. Vade retro satanas ! Á moi Tata Nouela !

On toque à ma porte. Elles arrivent. Pas bouger. Dans le Jumanji je suis. Je tombe, je sombre.

Dix-sept heures vingt-deux. Cinq ou six

petits coups secs et légers à ma porte d'entrée.

Je me redresse, je suis sur le plancher. Assez mal en point mais sans mal de tête ni nausées.

J'ai dormi plus de deux heures après ce cauchemar qui m'a tout de même projeté au sol.

Je me lève, rejoins la porte et ouvre :

— Bonjour Monsieur. Désolée de vous importuner, mais je suis passée devant votre appartement vers quinze heures trente, et... je vous ai entendu hurler. Un cri suivi d'un bruit de chute. J'ai frappé à votre porte, mais je n'ai pas eu de réponse. Je reviens de chez une amie et je voulais m'assurer que tout allait bien pour vous. Je suis votre voisine du dessus. Katia Morvan.

— Ah... oui... désolé de vous avoir inquiétée. Je crois que j'ai eu une bonne indigestion, je n'étais pas bien du tout, je me suis endormi, je ne me souviens pas avoir hurlé, j'ai dû faire un cauchemar. J'espère ne pas vous avoir terrifiée.

Elle sourit. Elle est charmante évidemment.

Ça fait trois Katia canon. Ma vie va devenir un enfer.

— Non, je vous rassure, ça ne m'a pas effrayée le moins du monde, ça m'a même fait sourire, si toutefois j'ai bien entendu ce que vous étiez en train de crier.

— Qu'ai-je donc hurlé ?

— Tata.

Je reste pantois. Le ridicule ne tue pas. Mais vous met quand même dans de drôles de draps.

— Tata ?

— Oui. Tata. Suivie d'un autre mot dont je suis moins sûre. Qui finissait en «a».

— Nouela.

— Voilà c'est ça.

— Tata Nouela. C'est ma grand-tante. J'écris sa biographie. Et manifestement, ça me tape sur le système.

— Quel beau projet ! Bon rétablissement et au plaisir de vous revoir dans un contexte plus avenant !

— Au plaisir oui, et encore désolé de vous avoir inquiétée.

Dans mon studio je suis rentré. Face au miroir j'ai halluciné.

Le Horla c'est moi.

Chevelure ébouriffée, yeux cernés, teint jaunâtre, chemise débraillée.

Le mieux, c'est que j'aille me recoucher. En évitant de penser à Katia Morvan, et à la première impression que j'ai dû lui donner.

Je flâne et je glane. Un polar par-ci, un ouvrage sur le phare par-là. De quoi me distraire d'une part, de quoi m'instruire d'autre part.

Le phare. Mon voisin d'en face. Ithyphalle de pierres, seul élément mâle de mon environnement. Réconfortant.

Une dame âgée, toute menue, avec dans sa chevelure blanche quelques mèches flavescentes qui laissent supposer qu'elle fut blonde en son temps, époussette les étagères de la librairie, montée sur un escabeau.

Je la salue.

Elle tourne son visage vers moi et me répond par un sourire timide qui fait légèrement plisser ses yeux d'un bleu délavé.

Je passe en caisse. Le patron, qui commence à me connaître, me tend une main ferme :

— Bonjour Monsieur Marchal. Vous allez bien ? Ça avance votre projet ? Vous avez fixé le titre de votre ouvrage ? Vous gardez «Nounou

Ganache» ?

— Je pense que oui. À moins qu'une idée plus séduisante ne me vienne à l'esprit d'ici que j'ai terminé.

Je me penche doucement vers lui, et baissant le ton de ma voix :

— La personne sur l'escabeau travaille chez vous ?

— Oui, c'est une charmante vieille dame, discrète, un peu dans le besoin... Je la loge pour presque rien dans le petit appartement juste au-dessus de la librairie, et de temps en temps, elle fait un peu de ménage. Je lui laisse parfois la boutique lorsque je dois m'absenter pour une course. C'est une personne digne de confiance dont je sais peu de choses car elle ne s'ouvre pas beaucoup sur sa vie. Mais je ne lui pose aucune question, je ne veux pas l'indisposer. On se rend service mutuellement, et ça roule très bien comme ça. Je vois que vous vous documentez sur le phare des Bas-Sablons. Il est vrai que vous l'avez sous votre fenêtre !

— Oui, c'est mon plus proche voisin masculin, j'y tiens. Avec les trois Katia autour de moi, j'avoue que la présence d'un monument phallique de cette ampleur booste ma masculinité. Freud aurait beaucoup à dire sans aucun doute sur le sujet. C'est que mon taux de testostérone doit être sacrément branlant en ce moment si j'ose dire, pour que j'ai besoin de me rassurer en le regardant régulièrement et en m'intéressant à sa vie. Enfin, si ça peut m'économiser des séances chez le psy...

Le patron est hilare.

— C'est quand même fou cette histoire des trois Katia. Mais quel homme se plaindrait d'être aussi bien entouré ? Tant que ça ne vous distrait pas trop de votre projet d'écriture...

— Justement, si. Enfin, n'exagérons rien, mais parfois oui, ça me perturbe un peu. Peut-être un jour, et dans l'unique but de vous faire bien rire, je vous raconterai les délires et situations cocasses que j'ai d'ores et déjà traversées par la faute indirecte de mes adorables voisines.

— Je suis impatient Monsieur Marchal ! Ça promet d'être drôle, en effet, si j'en crois votre œil pétillant ! En tout cas, n'oubliez pas, dès que votre manuscrit est terminé, j'ai le correcteur qu'il vous faut. Et l'éditeur pour la suite également, après étude du texte bien évidemment. J'en ai déjà parlé aux intéressés, ils seraient partants sur le principe et motivés par le sujet.

— Ce serait magnifique. Je retourne dans les bras de Tata Nouela de ce pas. Bonne fin de journée à vous !

   — De même Monsieur Marchal !

J'ai froid, j'ai le nez qui coule, il fait moche, mais pas le choix, faut que je sorte.

Dans dix jours, c'est l'anniversaire de ma grande duduche. Vingt-six ans. Faut que j'envoie un petit colis. Absolument. Un kilo de caramels au beurre salé. Elle adore ça, et son Helmut-Frantz-Gunther aussi d'après ce qu'elle m'a dit. Suis sûr de pas la décevoir avec ça. J'y ajouterai un virement bancaire grassouillet, et là, je sais qu'elle bénira son papa.

J'avance tête baissée (posture malouine stéréotypée durant la saison humide), l'imper plaqué par le vent, je claque légèrement des dents. Obligé de sortir le pif de mon cache-col pour lever la tête et vérifier le nom de la rue. C'est bien ça. Au numéro huit, je devrais être à l'atelier de Katia. Celle du dessus. L'autre Katia du dessus. Celle qui fait dans le carton de luxe.

J'ai suivi les conseils de Katia du rez-de-chaussée. Les caramels au beurre salé, c'est pas d'une grande originalité. Mais un bel emballage soigné, raffiné, ça devrait flatter la fibre artistique de ma fifille. Je pourrais peut-être même lui faire croire que «c'est moi qui l'ai fait», histoire de remonter dans son estime, elle qui a toujours dénigré mon job de vendeur de maisons, et bien que j'ai toujours présenté mon activité comme ayant une connotation poétique en sublimant la quintessence du bois (sa chaleur, sa patine, son authenticité...), ma profession ne trouva jamais grâce à ses yeux.

Elle a toujours pensé que je m'étais gâché. Elle m'admirait en conteur, le soir, lorsque j'inventais pour elle des histoires. Elle m'a porté aux nues, à quinze ans, après avoir lu des haïkus écrits à l'aube de mes vingt ans. Elle m'a tanné pendant des mois pour que je les fasse éditer, et que je me remette à l'écriture. Elle voulait les illustrer.

Elle m'a descendu en flèche ensuite. Rétamé le pater médiocre qui n'a pas trouvé le courage de défier la page blanche, et s'est remis au volant de son monospace pour vendre des «home sweet home» et payer les factures. Déçue elle fût. Je suis déchu.

Je m'engouffre dans «L'Atelière».

Au sourire malicieux qui font pétiller ses yeux, je devine que je dois avoir une allure pathétique autant que comique. Ça fait deux fois qu'on se voit avec cette Katia-là, et deux fois que je suis dans un triste état. Je peux d'emblée éliminer tout espoir de la faire fantasmer ou de lui donner un tant soit peu envie, même un jour gris.

Je sens la goutte au bout de mon nez. Je fouille fébrilement toutes mes poches. Imper, pantalon, rien. Pas un Kleenex.

Honteux, je lève vers elle des yeux de bouledogue. Ne me manque plus que la bave au menton pour parfaire la comparaison avec l'animal en question.

— Je suis confus... Auriez-vous... ?

— Tenez.

Je prends dans ma grosse paluche son mouchoir délicat. Et y plonge mon tarin rouge et humide sans aucune forme de cérémonie.

— Je ne manquerai pas de vous le rendre au plus vite, propre comme au premier jour, dis-je en fourrant ledit mouchoir en boule dans ma poche après avoir torché proprement mes narines.

Je regarde alentour.

Quelques livres magnifiquement reliés ornent la vitrine, aux côtés de boîtes de toutes formes et couleurs.

Je m'enquière :

— Ce sont vos réalisations ?

— La plupart oui. Certains livres ont été reliés par mon compagnon qui s'adonne à la reliure par pur plaisir, ponctuellement.

— C'est d'une grande originalité et de toute beauté !

— Merci ! Vous souhaiteriez faire relier la biographie de votre tante ?

— J'espère bien un jour ! Oui ! Pour le moment, je l'écris. Mais avoir un exemplaire présenté de la sorte pour la famille, j'avoue que cette idée me vient à l'instant en voyant votre merveilleux travail. Toutefois, ma démarche d'aujourd'hui portait sur un autre projet, bien plus humble.

Je lui parle de ma grande duduche et des caramels au beurre salé. Je lui donne carte blanche pour la réalisation, tant au niveau du budget (je ne suis pas un papa pingre) qu'en matière de style (je ne suis pas un papa réputé pour avoir spécialement bon goût).

Katia me propose de repasser avec mon kilo de caramels au beurre salé, afin de définir volume et forme de la boîte. Elle se chargera ensuite de la décorer. Je la remercie. Elle me remercie. Nous nous remercions. Et comme je suis le seul client présent dans l'atelier-boutique, je me permets quelques questions au sujet de son parcours d'apprentissage.

Six années tout de même pour parvenir à ce niveau de qualité, de subtilité, de raffiné. Un certificat d'aptitude professionnelle aux arts de la reliure, suivi d'un brevet des métiers d'arts, puis d'un diplôme des métiers d'arts graphiques. Une clientèle composée de particuliers et d'institutions (bibliothèques, archives, ministères et mairies). J'apprends que la reliure française est de notoriété internationale et que beaucoup d'étrangers viennent se former en France.

— La reliure d'art singularise un ouvrage en lui conférant une esthétique, ajoute Katia.

Tata Nouela mérite bien ça.

Je lui dis au revoir et pars. Avec son mouchoir. Et dans un coin de ma mémoire, imprimé le fait que Katia Morvan a un amant. Chou blanc (dans le cas où il me serait resté le moindre espoir).

Retour au studio. Je pose imper et godillots.

Vite, une bassine pour mettre à tremper le

mouchoir souillé, gérer de suite l'affaire, ne pas prendre le risque d'oublier ni de laisser traîner.

Jeté stylé de paillettes de lessives dans le récipient, une cuillère en bois pour brasser tout ça, et plouf, dans l'eau le mouchoir délicat. Il se déploie. Et sous mes yeux apparaît un K. Certes, elle s'appelle Katia. Mais le K est rigoureusement le même que celui brodé sur le mouchoir de Katia du rez-de-chaussée.

Étonnant. Intriguant.

J'en parlerai à l'intéressée, elle aura peut-être une explication à me donner pour satisfaire ma curiosité.

Pendant que le mouchoir flotte, j'allume l'ordi.

Chapitre III.

C'est le moment où va sonner le glas pour le premier mari de Tata. Reste à savoir comment il va passer de vie à trépas.

Officiellement, ce fin chocolatier fût anéanti par une crise cardiaque. Á vingt-sept ans, c'est louche. Quoique pas tant que ça après tout. Cinq années de vie commune avec une furie comme Tatie, ça en vaut bien trente avec une femme plus soft. Elle devait le faire bosser comme un cheval. Pauvre homme.

Mon téléphone sonne. C'est mon ex-épousée

Qui vient tâter le terrain, voir où j'en suis de mon projet, prête à dégainer une remarque un brin caustique si j'avoue la moindre faiblesse ou le moindre doute quant au bon déroulement de mon affaire.

Je ne lâcherai rien. Tout va bien. Je ne lui parle pas de mon choix d'orienter mon récit vers un roman dépouillé de toute vérité biographique. Je fais ce que je veux et je n'ai aucune envie de me justifier.

Je ne lui raconte pas non plus mes émotions et questions au sujet des trois Katia. Ça m'appartient tout ça. Pas envie de faire les frais de son humour narquois.

Notre entretien est donc courtois mais plat.

J'ai dû être un peu froid, car elle écourte la conversation au bout de dix minutes. Ça me va. Je serai plus loquace la prochaine fois. Lorsque je serais plus sûr de moi. Quand j'aurais fini quoi.

On toque à ma porte.

C'est ma journée relationnelle, rare que j'échange avec autant de personnes en si peu de temps.

J'ouvre.

Katia Riou en personne. Qui a tronqué ses talons télescopiques contre des chaussures extra-plates. Tellement plates qu'elle me paraît soudain toute petite, toute menue, une mini-Katia, une ado esthéticienne.

— Bonsoir Monsieur Marchal ! Seriez-vous disponible pour un apéro dînatoire d'ici une demi-heure ? J'attendais mon copain, mais sa voiture ne démarre pas, il a donc annulé sa venue, alors...

Ma foi, ses talons plats ayant démystifié d'un coup d'un seul la Katia torride que j'avais fantasmée, je me sens soudain parfaitement à l'aise en face d'elle. C'est l'occasion de faire voisin-copain, en toute simplicité, me voici allégé.

— Mais c'est une charmante attention, je vous remercie ! Je vous rejoins d'ici trente minutes alors.

— Parfait ! Á tout à l'heure ! Et venez les mains vides surtout, j'ai tout ce qu'il faut là-haut !

Elle emprunte l'escalier en souplesse, montant les marches deux par deux, jeune et légère. Je souris. Elle est mimi.

Il est grand temps de rincer et essorer le mouchoir. Je l'épingle au radiateur pour un séchage rapide. Un petit coup de fer en fin de soirée, et... zut. Pas de fer à repasser. Et bien ne me reste plus qu'à emprunter celui de l'une de mes trois Katia de voisines.

Vingt heures tout pile. Je monte.

L'appartement est cosy. Un petit air de chalet par endroits, induit par des pans de bois brut ici et là. Aux murs, des dessins. Des esquisses. Des personnages de bandes dessinées manifestement. Ou d'illustrations d'ouvrages fantastiques peut-être. Elle me renseigne aussitôt tandis que mon regard s'attarde sur la représentation d'une femme dénudée montée sur un cheval à la musculature animale puissante.

— Ce sont les œuvres de Benoît. Mon copain est illustrateur.

— J'avoue que ma culture est limitée dans ce domaine, mais je distingue d'emblée un trait sûr ! C'est très chouette, j'aime beaucoup.

Ça me donne l'idée de réaliser un livre illustré de l'histoire de Nounou Ganache.

Faut que j'arrête de changer de plan tout le temps. Mais une version dessinée, c'est grandement tentant.

Elle est pétillante mimi Katia. Elle babille en souriant. Tout le temps. C'est plaisant.

Je l'écoute. Me raconter sa vie, ses projets. De temps en temps, je l'interromps. Une question, une information, sur elle ou ses voisines.

— Vous êtes amie avec Katia Morvan et Katia Bodéric ?

— Nous entretenons d'excellentes relations, oui. Amies peut-être pas, mais on s'entend plutôt bien. Et parfois, il nous arrive d'organiser une soirée ciné toutes les trois, lorsque nos plannings le permettent. Je suis arrivée la deuxième ici, il y a presque quatre ans. Katia Bodéric s'est installée peu après moi, et Katia Morvan vivait là depuis trois ans déjà. Il est vrai que cette coïncidence des prénoms similaires nous a amusées. Ça a créé un lien d'emblée.

— Il faut reconnaître que c'est drôle. Si peu probable ! Je suis l'intrus dans tout ça !

— Un intrus bienvenu toutefois ! Un homme dans la maison, ça faisait défaut ! Vous plaisez-vous ici au moins ?

— Oh que oui ! M'installer à Saint-Malo était un projet que je nourrissais depuis un certain temps, et à ce jour, quand bien même mon installation est récente, je ne le regrette pas !

— Votre travail d'écriture avance bien ?

— Mieux qu'en septembre, oui. J'ai pris à la fois mes marques dans mon nouveau contexte, et ma rythmique de travail.

— D'autres projets d'écrits ensuite ?

— Aucun pour l'instant. Je ne sais pas du reste, si je continuerais dans cette voie. Je navigue à vue pour «l'après». Je verrai. Je pense que ma situation économique sera le facteur déterminant.

— En tout cas, je vous admire. C'est chouette d'aller au bout de ses rêves. Surtout dans votre contexte. Vous aviez pour ainsi dire «tout pour être heureux», et vous avez tout défait pour vivre votre envie. C'est beau et courageux.

— Merci, ça me fait beaucoup de bien ce que vous me dites là. J'ai été pas mal critiqué et moqué lorsque j'ai annoncé mon projet à mon entourage. Mon ex-femme et mon associé n'y sont pas allés de main morte. Mais je suis d'autant plus fier de ne pas avoir lâché !

Mine de rien, ça fait bien deux heures qu'on papote. Je prends congé.

— Ce fût une charmante soirée, je vous remercie infiniment. Á charge de revanche, la prochaine fois, ce sera chez moi ! Et pourquoi ne pas vous inviter toutes les trois ? Une «fête des voisins» hors saison et en petit comité, ça pourrait être sympa !

— Excellente idée !

— Avant de redescendre dans mon nid douillet, puis-je vous demander un service ? Je n'ai pas de fer chez moi, et j'aurais un simple mouchoir à repasser soigneusement avant de le restituer à sa propriétaire.

— Glissez-le dans ma boîte aux lettres ce soir, j'ai mes draps à repasser demain matin, je vous ferai ça !

— C'est très gentil à vous, merci. Bonne soirée !

— Bonne soirée Monsieur Marchal, à bientôt.

Je redescends en sifflotant. Charmant moment.

Je m'empare du mouchoir d'ores et déjà sec, le protège d'une enveloppe et glisse le tout dans la boîte de Katia Riou.

Trop tard pour me remettre à l'écriture.

Je me ferais bien une tisane. Avec un carré de chocolat que je ferai fondre dans la tasse du bout des doigts. C'est mon ex qui faisait ça. Délicatement maintenu entre son pouce et l'index, Julie plongeait le carré noir à demi dans son rooibos citronné. Et le ressortait, brillant et fondant. Puis le portait à sa bouche, et le suçait comme une enfant. Plaisir régressif.

J'active la bouilloire et pars me mettre en

tenue de soirée le temps que l'eau atteigne les cent degrés.

Pyjama et calme plat.

Je repense aux dessins de Benoît que je ne connais pas, le compagnon de mimi Katia. Je n'ai aucune culture de l'illustration, lu très peu de bandes dessinées, mais j'ai été interpellé par ses dessins.

Et l'idée fait son chemin.

Pourquoi pas une série d'albums illustrés ?

«Les tribulations de Nounou Ganache au pays malouin», «Nounou Ganache en rit encore», «Nounou Ganache et les époux maudits», «Tata Nouela ganache à tout va », et cætera.

Bon.

Rien ne m'empêche d'en parler à l'intéressé. Si ma suggestion le motive, on fera.

Ce qui ne m'empêche pas de terminer le projet initial sous forme de roman. N'en déplaise à ceux qui pourraient croire que je souffrirais d'une certaine forme d'inconstance teintée de dispersion, j'irai au bout. Na. Julie ne fera pas ses choux gras d'un retour d'ambition de ma part.

Je repense au mouchoir. Et si mimi Katia avait le même elle aussi ? Alors là...

Bref. Je saurai vite si Katia Riou a le même mouchoir, elle m'en parlera sûrement en me le restituant.

Un petit tour aux toilettes avant d'aller me pieuter, pour éviter d'avoir à me relever cette nuit à cause du pisse-mémé.

Il fait beau. On n'entend pas les p'tits zoiseaux, neurasthéniques en cette saison, mais il fait beau.

Je marche d'un bon pas. J'arrive au pied de la Tour Solidor.

Pause méditative. Une légère brise fait émettre des «flac-flac-flac» au sac plastique qui pend au bout de mon bras, plombé par le kilo de caramels au beurre salé.

Je ferme les yeux et m'enivre. Des embruns. Des rayons de soleil sur la peau de mon visage qui affiche aujourd'hui une barbe d'au moins trois jours, me donnant, je trouve, un air ténébreux assez avantageux.

Dans ma poche, le mouchoir de Katia Morvan. Repassé assez approximativement je dois dire, par mimi Katia. Qui a glissé l'enveloppe contenant le mouchoir en retour dans ma boîte, mais sans aucune information complémentaire quant au fait qu'elle aurait le même. Je reste sur ma faim à ce sujet.

Mimi Katia qui a probablement pensé compenser à mes yeux, la trace d'un léger faux-pli, en aspergeant le mouchoir d'un parfum fleuri. Un parfum léger et en aucun cas entêtant, il est vrai. Mais Katia Morvan se demandera sûrement pourquoi le mouchoir exhale un parfum aussi féminin. Enfin, elle pensera ce qu'elle voudra. Je vais à sa boutique de ce pas.

Un jeune couple écoute attentivement les propositions de Katia Morvan, quant au choix de l'emballage de ce qui serait, si j'ai bien compris, un luminaire.

J'attends patiemment mon tour, planté derrière eux, avec mon sac en plastique moche toujours pendu au bout de mon bras. Lequel fait vraiment tâche dans cet environnement de bon goût.

Ça va être à nous. Mes caramels au beurre salé sont au garde à vous.

Le couple à la lampe sort de la boutique en nous saluant.

Bonne fin de journée Messieurs-dames, au plaisir.

— Bonjour chère voisine ! Je vous restitue

sans plus attendre votre mouchoir, dis-je en lui tendant l'enveloppe qui décidément, est fort parfumée.

Je lui aurais offert un bouquet de fleurs aux fragrances suaves et romantiques que ça n'aurait pas été pire. J'ai l'impression subitement que le magasin tout entier baigne dans cette senteur fleurie. Pas envie de me lancer dans des explications qui pourraient lui paraître rocambolesques. Encore une fois, elle pensera ce qu'elle voudra.

Je me retiens de lui demander s'il y aurait une explication au fait que Katia Bodéric possède le même mouchoir qu'elle. Je me dis finalement, que ça pourrait être un sujet intéressant lors de la fête des copains-voisins que je prévois d'organiser incessamment sous peu.

Elle me remercie du prompt retour de l'accessoire.

J'enchaîne avec mes caramels. Je pose sans complexe mon sac moche sur le comptoir.

S'en suit un déballage de boîtes en tous genres. Des rondes, des ovales, des carrées, des pyramidales... Puis des tissus. Des doux, des chatoyants, des velours, des velus. Je suis perdu.

Lâchement, je ne prends pas le temps pour mon enfant, je délègue le job à Katia. Mauvais papa.

— Je vous assure, le mieux est que vous choisissiez pour moi. C'est honteux à dire, mais je connais très peu les goûts de ma fille en termes de couleurs, et encore moins de matières. Au vu de ce qui est présenté dans votre atelier, je ne m'inquiète de rien pour ce qui sera du résultat. Faîtes-vous plaisir, ce sera bien, je n'en doute pas.

- Merci de votre confiance Monsieur Marchal.

— Appelez-moi Vincent, je vous en prie. J'ai fait la connaissance de Katia Riou récemment. J'ai évoqué l'idée de faire une fête des voisins à l'occasion. En petit comité puisque nous sommes quatre dans l'immeuble. J'aurais organisé ça chez moi. Mademoiselle Riou était partante. Seriez-vous disposée également ?

— Bien sûr ! Ce sera un moment de partage bienvenu car cela fait un certain temps que nous ne faisons que nous croiser avec mes deux homonymes. J'aurais grand plaisir à prendre du temps avec elles. Et avec vous bien entendu... ajoute-t-elle dans un sourire éclatant qui me fait lui trouver un faux air de

Fara Fawcett qui perturba toute mon adolescence et provoqua mes premiers émois érectiles tandis que je tentais de cacher une douce et chaude tension sous le plaid que je partageais avec ma grand-mère, assis sur le canapé devant la télé, les yeux écarquillés devant Super Jaimie les mercredis après-midi. Cette drôle de dame m'a laissé des souvenirs impérissables.

Je quitte Katia et son atelier le cœur léger. Heureux de ce petit soleil du jour. Du soleil dehors, du soleil dedans. Serein le Vincent.

Je marche avec entrain vers la Place Duchesne.

Je salue le phare des Bas Sablons d'un hochement de tête et le gratifie d'un sourire. Une passante me dévisage. Elle doit me prendre pour un zinzin. Ben non. Juste heureux d'être content.

J'envoie valdinguer mes pompes. Je jette le blouson sur le canapé. J'allume l'ordinateur. Une pulsion qu'il faut que je satisfasse de suite. Écrire. Les mots, les idées se bousculent dans ma tête. Dix-sept heures, c'est mon heure. Je me sens verbeux. Les petits soleils glanés au cours de la journée font des étincelles dans ma cervelle. Je m'attelle.

Ça fait bien un quart d'heure que je pouffe la tête entre les mains. Me retenant de rire aux éclats, de peur d'être entendu par l'une ou l'autre des trois Katia. Mon roman vire à la parodie. Mais franchement, ça me va. Si ça peut en faire rire d'autres que moi, dans ma vie, j'aurais au moins donné ça.

Là, c'est clair pour moi. Faut faire une B.D. avec Tata Nouela. Je vais glisser un mot dans la boîte de mimi Katia. Qu'elle parle de mon projet à son Benoît.

Presque vingt-deux heures ! Jamais je n'ai écrit aussi longtemps et avec autant de fluidité. Pour un peu, j'en appellerai Julie. Elle a de la chance, il est un peu tard pour que je vienne la narguer avec mon autosatisfaction.

J'attrape le bloc note format A5 vert amande sur lequel sont imprimées mes coordonnées. Oui, je me suis offert ça récemment. J'aime ces petites touches de superficialité censées apporter de la crédibilité à ma nouvelle activité. Chui écrivain. Enfin, écrivant pour le moment. Quand tout cela sera édité, faudra que je travaille mon syndrome de l'imposteur, j'ai encore du mal à réaliser que c'est bien moi qui vis ce que je vis là. C'est pas Julie qui m'aidera à y croire en tout cas. J'ai bien fait de divorcer.

C'était pas la bonne épouse pour m'épauler dans cette voie. Faudrait que j'investisse dans un plume stylé aussi. Mon bic à pointe noire est ringard.

Je griffonne quelques lignes à ma voisine, sollicite de sa part la possibilité de rencontrer son amour d'illustrateur. J'explique rapidement pourquoi. J'enfile mes chaussons-chaussettes. J'adore. Je me sens chat.

Á pattes de velours, je vais jusqu'aux boîtes aux lettres dans le couloir. Je marque une pause. Les notes du célesta de Katia d'en bas s'égrènent autour de moi. Je ferme les yeux. Encore un petit soleil, nocturne cette fois, qui vient prolonger mon état de grâce du jour.

21 Décembre 2023

Remparts de Saint-Malo

Je baguenaude le long des remparts. Perdu dans mes pensées éclectiques et colorées, dans une quiétude qui semble s'être pour toujours installée. Tutto va bene. Le bisounours de Saint-Malo, c'est moué.

J'ai pour ainsi dire terminé l'écriture de la biographie olé-olé de ma tantine. Je sens en tout cas, qu'il faut que je m'arrête là. J'ai dit l'essentiel et ri tout mon soûl. En rajouter deviendrait lourd. Le burlesque se doit d'être contrebalancé par la concision de mon point de vue. Court et efficace. Me reste à réécrire certains passages.

Il faut que je passe à la librairie. Le proprio doit me communiquer le nom d'un de ses amis, relecteur, qui serait partant pour effectuer les corrections de mon manuscrit à moindre coût. Je suis preneur. Mon budget est serré. Tiens, l'argent. Un bémol à ma sérénité. Des semaines que j'évitais d'y penser. Enfin, j'ai de quoi tenir encore sans trop m'affoler, chaque angoisse en son temps, reste zen Vincent.

La jolie cartonnière est passée me voir dernièrement. Avec une boîte comme j'en ai rarement vue. Jamais en fait. Un bijou de réalisation, qui allie motifs bariolés et faux air de simplicité. Du charisme dans la fantaisie. Magie. Elle n'a toutefois pu respecter le délai convenu. Ma grande duduche a reçu son cadeau d'anniversaire avec beaucoup de retard. Je l'avais prévenue, elle ne m'en a pas tenu rigueur, et le cadeau l'a enchantée, la boîte plus que les caramels au beurre salé. Je me suis laissé aller à mentir. J'ai raconté que la boîte, «C'est moi qui l'ai faite.». Avec mes doigts de papa. Tous boudinés mais plein de dextérité. Une habilité guidée et motivée par l'amour pour sa fille. Comme c'était vraiment très gros comme mensonge, j'ai tout de même précisé que ma voisine cartonnière qualifiée, m'avait aidé. Un peu. Bon. Quoi ? Ya des mensonges bien plus éhontés que celui-là.

Mardi prochain, je rencontre Benoît Trézec. Mimi Katia m'a glissé ses coordonnées par retour de boîte aux lettres.

J'aime bien nos modes d'échanges au 23 Place Duchesne. Des petits mots dans les boîtes ou sous les portes. Communication d'une autre époque. Autrement plus charmant que les textos.

J'espère que l'illustrateur sera inspiré par le personnage de ma tata.

J'ai, par deux fois, proposé une date à mes voisines pour un apéritif dînatoire chez moi. Pas de chance, toujours une qui manquait à l'appel. Un vendredi soir fin janvier semblerait convenir toutefois. Je croise les doigts.

Rien appris sur les petits mouchoirs ces derniers temps, et ça me trotte toujours dans la tête.

Il est pas loin de midi. Est-ce que je pousse jusqu'à la librairie ? D'un pas alerte, ça devrait le faire, ça ferme à midi et demi. Allons-y.

— Bonjour ! Le patron n'est pas là ? m'enquiers-je légèrement essoufflé en entrant.

La douce dame aux cheveux blancs tourne vers moi son regard gris-bleu hiver. D'une voix légèrement tremblotante et détachant soigneusement ses mots, elle m'informe :

— Monsieur Le Maguet est parti en mer ce matin. Pêcher avec deux de ses amis. Il m'a dit qu'il reviendrait en début d'après-midi. Puis-je vous aider à quelque chose ?

Elle a un accent. Un accent de je-ne-sais-où.

Indéfinissable pour moi. Allemande ? Non. Pays nordiques peut-être.

— Je vous remercie Madame, je repasserai. Monsieur Le Maguet devait me communiquer les coordonnées d'une personne. Rien d'urgent. Belle journée à vous !

J'ai l'estomac dans les talons. Je me hâte vers mon studio et son frigo.

J'aurais dû lui demander l'origine de son accent. Encore un truc qui va me trotter dans le cerveau.

Quatorze heures trente.

J'ai bien mangé et j'ai bien bu.

Assis jambes croisées dans mon canapé, je viens de finir de savourer mon café.

Je m'ennuie là. D'un coup.

Pas motivé à écrire. Ras-le-bol de lire. J'ai envie de parler.

Personne dans l'immeuble, les trois Katia sont en train de taffer. Et pis je me vois mal aller toquer à la porte de l'une d'entre elles pour papoter. S'agirait pas de devenir un voisin envahissant ou qui donnerait l'impression de s'emmerder. Pire, de draguer. Je vais quand même pas aller voir un psy pour blablater. Et si j'appelais Julie tiens ? Elle bosse aussi à cette heure. Dans son magasin de fleurs. Bah, je vais laisser un message sur le répondeur. Je fais d'une pierre deux coups. Je donne des nouvelles et j'évite les tensions qui ne manquent pas de poindre à chaque conversation. Je vais lui raconter ma vie, sous son meilleur jour évidemment, et au moins, je n'aurai pas à supporter d'éventuels sarcasmes de sa part. Ça va bien m'occuper huit minutes. Après, j'aviserai. Un cinoche tiens. En v'là une bonne idée !

Trois qu'on est dans la salle pour ce documentaire.

«Le Danemark».

Ç'était ça ou une comédie qui ne m'inspirait guère. C'est beau le Danemark. J'en avais une vague représentation plutôt positive, là, je suis conquis.

Le Nord, sauvage et plein de magie.

Odense, patrie de Hans Christian Andersen. La maisonnette jaune dans laquelle il vit le jour, aujourd'hui l'un des plus anciens musées littéraires au monde.

La Fionie, troisième plus grande île du Danemark. Ses cent vingt-trois châteaux et manoirs.

Et si j'ajoutais un chapitre à la vie de Nounou Ganache ? Un voyage de noce à Skagen par exemple. Dans le Jutland du Nord. Ville de la lumière magique qui attira peintres et artistes pendant des générations. Histoire de faire sortir le lecteur des murs de Saint-Malo et lui faire découvrir les beautés danoises...

Les îles Féroé. Intactes, inexplorées, incroyables. Un archipel de dix-huit îles, le territoire autonome danois le plus au nord. L'un des endroits les plus préservés au monde. Des paysages à couper le souffle. D'innombrables espèces d'oiseaux, de pittoresques villages de pêcheurs, des montagnes et des moutons. Je crois bien avoir compris du reste - et si je ne me suis pas assoupi entre deux commentaires - qu'étymologiquement, le nom danois de l'archipel signifie «Îles des moutons».

Fin du documentaire.

Les lumières se rallument.

À six rangs devant moi, j'aperçois la vieille dame de la librairie. Qui peine à enfiler son manteau.

Après un rapide et souple slalom entre les rangées de fauteuils du ciné, je lui fais signe et viens l'aider.

— Oh merci Monsieur ! C'est bien aimable à vous...

— Je vous en prie. Ce documentaire vous a-t-il plu ?

— Oui ! Je suis danoise voyez-vous. Mais je ne suis pas retournée dans mon pays depuis plus de cinquante ans. J'y pense souvent. De plus en plus souvent. Alors ce film, je viens le voir tous les jours depuis la fin de la semaine dernière. Je crois que demain, ce sera le dernier jour de projection.

— Vous êtes danoise ? Voilà une origine qui m'intrigue, d'autant plus après avoir vu ce film. Que diriez-vous d'aller prendre un thé ou un café à l'instant T ? Vous me parleriez de votre contrée qui a su piquer ma curiosité.

— Mais vous êtes adorable ! Bien sûr, je suis partante !

Quand l'un s'ennuie et l'autre aussi, y'a forcément moyen de s'entendre et de se distraire mutuellement. Et puis sincèrement, je suis curieux du Danemark et de cette vieille dame discrète.

Nous nous rendons au « Thé d'hier ». Salon de thé, glaces et pâtisseries fines. Calories à volonté. Moment de liberté sucrée.

Nous nous asseyons face à face près de la baie vitrée.

— Pardonnez-moi, je ne me suis pas même

présenté. Je suis Vincent Marchal. Écrivant résidant au 23 Place Duchesne, face au phare des Bas Sablons. Originaire de Seine-et-Marne, je me suis installé à Saint-Malo en septembre dernier, pour rédiger la biographie de feu ma grand-tante.

— Enchanté Monsieur Marchal. Mon nom de famille est Madsen. Je suis née dans le bourg de pêcheurs de Svaneke, sur l'Île de Bornholm que j'ai quitté par amour pour un homme en 1971. J'avais dix-huit ans.

Son regard se perd un instant, se détachant du mien, plongeant j'imagine, dans les souvenirs, sensations et sentiments du passé. Puis elle revient à moi, et me raconte son pays, son île. Bornholm, l'île du soleil. Svaneke, village pittoresque empli de vieux cottages en bois, de ruelles tortueuses menant au port.

Ses mots font écho aux images qui m'ont séduit durant la projection.

Dans ses yeux, je vois la mer, le phare... Elle y ajoute des parfums. Je me sens bien. Ses sillages deviennent les miens.

Je ne me souviens pas avoir jamais écouté quelqu'un avec autant d'attention. La douceur de son visage, la tendresse de ses rides, le charme de son petit accent m'émeuvent.

Il n'est pas si loin le temps où je me vantais auprès de mon entourage, d'avoir un métier «humain». Vendre une maison familiale, en définir l'esthétique, réchauffer le cœur des prospects en évoquant la chaleur du bois, c'était les porter vers le rêve d'une vie. Je mettais sous le tapis l'objectif mercantile de la démarche. Une empathie opportuniste. Une méthode soigneusement rôdée, boostée par mes diverses formations en techniques de vente, et mes lectures orientées en psychologie. La manipulation éhontée du sentimentalisme d'autrui. L'art et la manière de chatouiller là où ça fait du bien. Un œil sur la montre. «Je suis en retard, faudrait qu'ils signent le contrat là tout de suite à droite en bas».

Face à Madame Madsen, je me découvre sincèrement bienveillant. Je l'écoute avec plaisir. Elle prend plaisir à ce que je l'écoute. Nous nous faisons du bien. Avons chassé l'ennui de nos vies le temps d'un après-midi. Un temps de partage improbable entre une vieille danoise exilée et un quadra qui ne sait pas trop où il va, pourtant follement heureux d'être là.

La nuit est tombée. Je propose à Madame Madsen de la raccompagner. Elle refuse avec un sourire. Je la laisse partir. Et la suis de loin. Jusqu'à ce que se referme sur elle, la porte qui mène à l'escalier de son appartement, au-dessus de la librairie.

Je retourne sur mes pas.

À moins de cent mètres devant moi, je crois reconnaître la silhouette de Katia au célesta.

Elle trébuche. Et laisse échapper un «Meeeeerde !» qui ne lui va pas.

Katia Bodéric pour moi, c'est la grande classe. Dans mon esprit, elle dit «zut» ou «crotte», mais pas un terme aussi vulgaire et commun que celui-là.

Je suis heurté. Déçu. Comme le jour où j'ai vu mimi Katia avec des talons plats. Mes mythes s'effritent.

Dans sa presque chute, elle a lâché un carton d'où semble s'être échappée une pizza. Une autre déception que voilà. J'aurais préféré des bouchées à la reine, une tourte saumonée, des verrines colorées. Une pizza... C'est regrettablement lambda.

J'arrive à sa hauteur :

— Bonsoir Katia ! Triste fin pour une si belle pizza que de finir plaquée sur le pavé malouin !

Ma voisine musicienne éclate d'un rire clair.

— Je ne mange jamais de pizza ! Je ne sais

pas pourquoi ce soir, j'en ai eu une énorme envie. Et comme je n'ai pas pris le temps de faire des courses ces derniers jours, mon envie cumulée au frigo vide, ça me faisait deux bonnes raisons de m'en offrir une.

Ensemble et avec une synchronicité qui ferait pâlir de jalousie un metteur en scène de ballets, nous nous baissons pour ramasser carton et pizza dissociés.

Le tout réuni, nous nous mettons en quête d'une poubelle.

— Je ne suis pas fin cordon bleu, mais je peux vous proposer un steak dans la bavette accompagné de petits pois chez moi si cela vous tente.

Des « ptits pois chez moi ». La formule est sympa. Elle fait mouche.

— Je ne voudrais pas vous importuner mais j'avoue que je ne me sens pas le courage d'aller faire des courses maintenant, alors...

— Alors d'accord ! Finissons d'arriver au 23 et rejoignez-moi ensuite à l'heure qui vous conviendra !

Non pas bras-dessus bras-dessous mais côte à côte, nous trottinons vers notre habitat.

Je n'écrirai pas ce soir. Mais un jour sans Tata Nouela n'est pas un jour perdu, loin de là.

J'ai le sentiment de m'être humainement enrichi aujourd'hui. Je suis fier de moi. Comme ça. Et la journée n'est pas terminée. J'entends Katia arriver.

Elle aime la bavette bleue Katia.

On a dîné sans chichis. J'ai fait, comme à mon habitude, valser trois petits pois en dehors de mon plat. Qui ont atterri sans bruit sur la table en bois. Un des trois a roulé au sol. Je l'ai stoppé net dans sa course folle de légume vert épris soudain de liberté inconsidérée en l'écrasant du plat de mon chausson.

Oui. J'ai gardé mes chaussons devant Katia. M'en fous. Je ne suis pas en mode séduction.

De toute façon, elle doit elle aussi, avoir un compagnon. Mon petit doigt me l'a dit.

Thot est avec moi. Tout converge ici pour que j'aille au bout de mon projet (je me console comme je peux toutefois). Aucune raison d'être distrait. Trois voisines. Pas une de célibataire. Rien ne m'empêche de fantasmer et je ne m'en prive pas. C'est bien moins fatigant et chronophage qu'une relation amoureuse réelle. Pas de soucis. Pas de conflits. Pas de négociations. Je fais ce que je veux quand je veux avec la Katia qui me va au moment de mes envies d'ébats avec tout le respect que je leur dois. C'est parfait pour moi. Trop risqué une relation avec une voisine. Le jour où ça ne va pas, ben t'es dans de beaux draps. Condamné à me déplacer en sous-marin dans l'immeuble, de peur de croiser mon ex-dulcinée. Inconfortable à souhait.

On a un peu forcé sur le vin par contre. Je nous entends ricaner, glousser pour tout et n'importe quoi.

Je lui ai raconté mon après-midi au cinéma. Le Danemark et Madame Madsen. C'est là qu'elle a rebondi, en me disant que son compagnon (et vlan !!!) se trouvait actuellement à Copenhague. Musicien lui aussi. Et souvent en déplacement si j'ai bien compris. Chacun chez soi et l'écrit entre elle et lui.

On dérive sur les histoires d'amour. Je raconte mon vécu dénué de tout exotisme, bien dans les clous du patriarcat, avec une épouse qui abandonna sa passion des fleurs pour consacrer quinze années à l'éducation de nos filles, pendant que je faisais bouillir la marmite avec mes maisons de bois, notre amour ayant fini par s'engluer dans l'ennui que générait la récurrence de nos quotidiens. Deux enfants. Pas d'infidélité ou presque. Julie et moi, deux purs produits des injonctions sociales. De la morale.

Elle me raconte. Il s'appelle Eric. Ils se sont connus enfants, sur les bancs de l'école de musique. Puis perdus de vue. Chacun avec une moitié, ils ont fondé un foyer. Trois garçons pour lui, une fille pour elle. De grands enfants qui ont pris le vent. Jeunes divorcés, ils se sont retrouvés. En se promettant de ne pas retomber dans les schémas du passé. Des vies riches, emplies de créativité et de liberté, des vies cimentées par une grande complicité. Ils passent parfois des mois sans se voir. Mais le fil reste tendu entre eux. Le lien ne se rompt ni ne s'étiole. Ils semblent s'être affranchi de la jalousie des corps. Leur fidélité est ailleurs.

Je suis jaloux. J'aimerais bien vivre une histoire comme ça moi. Quelque chose de fort et léger. Un ciment aéré.

De la façon dont elle me parle de lui, je sens qu'il vente fort dans sa poitrine. Ils s'écrivent et ils écrivent. À quatre mains. «L'amour cérébral attise le feu hormonal !» me dit-elle en riant et en penchant son buste vers moi, me laissant entrevoir la dentelle blanche d'un soutien-gorge abritant un sein voluptueusement arrondi. En plus de savoir s'insinuer dans le pantalon d'un homme par son phrasé sensuel et stylé, la main de Katia vient effleurer la mienne. Je suis ébranlé.

L'alcool la rend lascive. Elle passe la main dans ses cheveux, tête doucement penchée. Elle croise et décroise ses jambes sous la table, et par deux fois, effleure mon chausson. Mon beau chausson fourré, avec son petit pois écrasé sous la semelle. Dans lequel s'écarquillent mes doigts de pied sous le feu de l'excitation que provoque l'attitude qui me paraît être sans équivoque de mon invitée. Une femme libre. «Exactement le contraire d'une femme légère», comme le disait très justement la Simone du Jean-Paul.

Pas question de lui proposer un dernier verre dans le canapé, ça va mal se terminer. Et demain, j'aurais un mot sur le paillasson. «Je suis sincèrement désolée, je me suis égarée, l'alcool... vous comprenez ?».

Je lui propose un café. À table. Dans l'inconfort de la chaise droite, histoire de la recadrer. Elle préfère une tisane. «Nuits étoilées». J'ai ça dans mon stock de pisse-mémé. Je n'en consomme plus. Ras-le-bol de me lever trois fois par nuit pour aller uriner. Pieds-nus à chaque fois de surcroît sur le sol froid, l'urgence m' empêchant d' enfiler mes chaussons ouatés.

Minuit à Saint-Malo et ailleurs.

Nous nous levons de table. Je lui colle la boîte de sachets «Nuits étoilées» dans les pattes.

— Vous êtes sûr que...

— Oui oui ! Je n'en bois plus, ce n'est pas ma tasse de thé. Je vous raccompagne ?

Son appartement est à moins de cinq mètres, n'importe quoi moi, aucun risque qu'elle se fasse agresser sur le chemin du retour, pas un chat, au pire une araignée.

Je la pousse doucement devant moi, j'ai mon nez dans ses cheveux, ça sent horriblement bon, je vais craquer, heureusement que j'ai mon jean et pas mon vieux jogging, je sens poindre l'érection, pourvu qu'elle ne tourne pas son visage vers le mien, je ne répondrais plus de rien. J'ai les pieds qui transpirent dans mes pantoufles peu aérées. Quelle idée aussi d'avoir des machins aussi chauds à Saint-Malo. Une paire de tongs serait plus adaptée. En me concentrant sur des sujets aussi insignifiants, mine de rien, je fais descendre ma pression interne. Bravo Vincent.

— Bonne nuit Katia !

— Bonne nuit Vincent ! Et merci encore ! Bavette et bavardage furent très plaisants. On mettra le couvert chez moi la prochaine fois ! Fin de semaine prochaine ?

— Je vous confirme ça avec un petit mot ! Faites de beaux rêves !

Elle referme sa porte.

J'enlève mes fichues babouches molletonnées et pose mes pieds bien à plat sur le carrelage de l'entrée. Fraîcheur instantanée. Repos du guerrier.

Pas question. Je ne remets pas le couvert chez Katia Bodéric. Je suis encore trop sensible. Ou alors je prends du Temesta avant d'y aller.

Allez, oust ! Au lit.

26 janvier 2024

Studio, 23 Place Duchesne

Elles sont venues, elles sont toutes là.

Les trois Katia.

Une sur l'accoudoir du sofa, l'autre dans mon fauteuil bridge, la troisième, jambes croisées sur une chaise. Et moi dans le canapé.

Bossley et ses drôles de dames. Je m'y crois.

J'ai fait simple pour cet apéro dînatoire. Faire compliqué de toute façon, j'aurais pas su.

Une salade de pêches au thon. Facile. Des pêches en conserve coupées en dés, plongées dans un bain de mayonnaise, auxquelles j'ai ajouté une grosse boîte de thon émietté. Le tout servi dans des ramequins plutôt fins. Le contenant est beaucoup plus classe que le contenu. Et ça fonctionne. Deux Katia sur trois en redemande.

J'ai sabré le champagne.

Et on a trinqué à cette première fête des «copains-voisins», ainsi qu'à la nouvelle année. On s'est racontés. Nos projets, nos actualités.

Mimi Katia m'apprend que Benoît a d'ores et déjà bien avancé la page de couverture du roman de Tata. Le dessinateur étant également partant, non pas pour une bande dessinée finalement, mais un livre illustré.

Un genre érotico-rigolo. Benoît m'ayant expliqué que la demande de livres illustrés par le public adulte est devenue une réelle tendance à laquelle artistes et éditeurs se sont déjà fait l'écho.

Je me suis empressé de m'intéresser à la question, et ai fait l'acquisition de plusieurs ouvrages de cette nature lors d'une énième visite à ma librairie préférée.

Madame Madsen m'a, du reste, bien orienté.

Je suis reparti avec les «Cent ans de solitude» de Garcia Márquez, «La métamorphose» de Kafka, «Amoureux» d'Ana Juan, «Sur la mer des mensonges» d'Anaïs Nin, le nuancier érotique «Couleurs primitives» de Jeanne Cherhal, «Les romantiques» de Cécile Coulon et Benjamin Chaud, «Une histoire d'amour» de Lorraine Sorlet et «En attendant Bojangles» d'Oliver Bourdeaut.

Ma C.B. a fumé mais je me suis régalé.

Depuis, je piaffe dans l'attente des premières productions dessinées. Hâte de voir le portrait que Benoît croquera, au vu des éléments peu flatteurs que j'ai donnés quant au physique de camionneur de ma tante adorée.

Pour le dessert, et après un plateau de fromage bien garni accompagné d'un succulent pain à la farine de kamut que mesdames ont également apprécié, j'ai prévu de la mousse au chocolat.

Comme j'avais une peur panique de la rater, j'ai acheté des petits pots de mousse. Et je les ai transvasés dans des espèces de coupes en verre pas chères achetées pour l'occasion. Le plastique, je dis non. Le verre, ça reste plus stylé, même à bas prix.

J'ai ajouté une petite feuille de menthe sur chaque mousse, pour casser «l'effet bouse». Suis content de moi. À l'œil, c'est sympa.

Par contre, je suis en train de réaliser que je ne pourrai pas proposer de tisane digestive. Pas pensé à en racheter et j'ai refilé toutes mes «Nuits étoilées» à Katia célesta. Celle-ci même qui, en voyant arriver les entremets, me dit que le chocolat la fait éternuer.

En effet. À peine a-t-elle approché la coupe de son visage, qu'un petit «atchoum !» aussi élégant que les notes de ses instruments, vient ponctuer la soirée. Accompagné de quelques postillons légers qui l'espace d'un temps, parsèment la pièce d'une discrète voie lactée. Oui, je peux avoir l'âme poète parfois... Comparer des postillons sans grâce éructés à une voie lactée, faut avoir une sacrée dose d'imagination. La métaphore - qui m'est venue sans effort - est recherchée. Un truc d'écrivain quoi. Je suis donc bien à ma place. Je cloue le bec, l'espace d'un instant, à mon syndrome de l'imposteur. En toute humilité. Car il faut toutefois savoir auto-critique garder.

Pour éponger son petit nez légèrement humidifié par cet éternuement intempestif bien qu'annoncé, Katia sort son mouchoir raffiné.

Quelle aubaine. Je vais pouvoir mettre le sujet sur le tapis.

J'observe Katia Morvan. Qui, concentrée sur sa mousse, ne fait pas cas du mouchoir au K de Katia au célesta.

Je me jette à l'eau.

— Ah ! Katia et Katia, j'ai une question à vous poser ?

Très amusant d'entendre trois «oui ?» prononcés à l'unisson. Je ris, et elles rient avec moi.

— Je m'adressais à Katia Bodéric et Katia Morvan. J'ai constaté par pur hasard, que vous aviez le même mouchoir. Y-a-t-il une explication particulière à cela ? Je suis intrigué.

— Oui, nous avions déjà remarqué que nous avions le même, me répond Katia Morvan après s'être tamponné les lèvres avec une de mes serviettes en papier.

Elle reprend :

— Ma mère l'a déniché il y a bien longtemps, à Paimpol, dans un magasin de bric et de broc. Comme il était marqué d'un K, elle me l'a offert. Katia quant à elle, le tient de sa grand-mère. Il est vrai que leur similitude nous a interpellées. Encore un curieux hasard. Même prénom, même mouchoir.

Je me tourne vers mimi Katia :

— Et vous Miss Katia ? Pas de mouchoir estampillé de la lettre K ?

— Non ! Je suis une miss Kleenex moi ! Ma grand-mère est une rockeuse ! Pas le genre à offrir des mouchoirs en dentelle. Pour mes quatre ans, j'ai eu droit à un petit blouson de cuir et des mini santiags, c'est vous dire !

L'image de mimi Katia haute comme trois pommes affublée d'un cuir et de bottes de rockeuse nous met tous en joie.

Sur cette note de bonne humeur, je propose un café.

Pas de café à cette heure, refus unanime, je m'en doutais.

Je propose un lait au miel. En cette saison, c'est de bon ton. Adopté.

Je m'éclipse préparer la chaude boisson.

Depuis le coin cuisine, je les entends gazouiller, papoter.

Je me sens bien. Serein. Avec mes trois nouvelles copines.

Une petite famille malouine.

Mon nid à voisines.

9 février 2024

Maxi Zoo de Saint-Malo

Je suis dans les rayons du Maxi Zoo de Saint-Malo. Alimentation et accessoires pour tous bestiaux. Et je trouve pas les gamelles pour chats. Ça me prend le chou, je me demande vraiment comment j'ai pu me laisser mener jusque-là. Je marronne en mon for intérieur. Je dois être faible quelque part.

Dans tout ça, je ne sais même pas laquelle des trois a ouvert la première la porte à ce chat.

Ni tatoué ni pucé, il errait à proximité.

Toujours est-il que ce molosse (jamais vu un machin pareil. Une boule de muscles.) a emménagé au 23.

Des yeux jaune intenses, un poil mi-long, un long, un pelage beige clair tirant sur le roux. De légères rayures sur la tête, les pattes et la queue. Le reste du corps uniforme avec des poils présentant un dégradé de leur base à leur extrémité. « Mi-malouin mi-costarmoricain », me suis-je dit en le voyant avec mon œil d'expert félin.

Les premières nuits, il miaulait comme un damné. D'une porte à l'autre. Personne n'a craqué, surtout pas moi. Pas question qu'il rentre chez moi.

Tous les soirs vers vingt-trois heures, c'est son quart d'heure. Des bruits bizarres non identifiés. Je l'imagine à chaque fois en train de descendre la rambarde d'escalier à plat ventre. Les doigts de pattes écartés. La crise d'hystérie se terminant invariablement par des «Scritchhhhh... Scritchhhhh...». Il se fait les griffes sur mon paillasson ce con.

«Chat me gonfle, chat suffit», ai-je fulminé.

Réunion de crise dans mon salon.

On fait quoi de ce chat ?

On l'adopte.

Trois voix contre une. Je l'ai eu dans la lune.

Faut le baptiser.

Les filles ont statué : Kévin parce qu'il est musclé. «C'est quoi le rapport ?» ai-je pensé.

J'ai lutté et proposé Voltige, avec un V comme Vincent. Kévin, c'était le K de trop.

Trois Katia contre moi encore une fois.

J'ai biaisé et suggéré d'orthographier le prénom dudit chat avec un Q plutôt qu'un K.

Quévin.

Rejeté.

Je n'ai plus rien dit. Vaincu le Vincent

J'ai laissé les filles blablater.

Kévin aura son coin sous l'escalier. Chacun prendra sa part pour l'aménagement. Bac et litière pour l'une, panier et plaid pour l'autre, arbre à chat et jouets pour la troisième. Pour moi, ce seront les gamelles à croquettes et eau. À tour de rôle, nous changerons sa boîte à caca et remplirons son estomac. Me revient en prime, la tâche de l'installation d'une chatière.

Je me suis consolé en me disant que les nuits d'insomnie, j'irais taper le carton avec Kévin.

Pour faciliter nos rapports, j'ai fait des efforts.

Derrière ma porte d'entrée, j'ai affiché le code de communication :

Miaulement : vocalise émise par le chat *(s'exprimer et attirer l'attention)*.

1/ Aigu et doux : exprime la joie, le bien-être

2/ Roucoule : recherche d'une complicité, de caresses, « miaulement de charme » ou d'excitation devant une proie.

3/ Long et insistant : demande de nourriture ou d'accès à l'extérieur.

4/ Saccadé + queue en balancier : contrariété,

stress

5/ Grave et fort : colère ou peur

6/ Grognements, sifflements, feulements : avertissement pour qu'on le laisse tranquille.

Pas sûr qu'il me comprenne quand je lui causerai en langage humain, mais au moins, moi, je saurai quoi faire quand il se mettra à feuler. Je courrai me planquer.

Bols surélevés pour chats. Support en bois. Très stylé (peut-être même un peu trop pour un matou mal dégrossi comme lui). 19,52 €. Parfait, je prends ça.

J'adore.

Il doit avoir un fort quotient émotionnel ce Benoît. Il a capté d'emblée toute l'essence du personnage de ma tantine, avec en plus, l'humour que j'attendais. Je suis impressionné.

En quelques coups de crayon, il a croqué la Nouela que je peinais à imaginer en version dessinée. Une tata burlesque et flippante à la fois. Un mix de Bécassine et de Fifi Brindacier «sur-enrobées», avec, dans le regard, une pointe de Cruella.

Je reste coi. Et regarde Benoît détendu dans mon sofa.

— Ça vous va cet esprit-là Vincent ?

— C'est plus que parfait Benoît. Vous m'épatez. Je suis bluffé.

Il esquisse un sourire humble et doux d'homme comblé, dessinateur talentueux et heureux amant de mimi Katia, il a tout pour lui ce jeune gars.

— Souhaitez-vous ajouter d'autres éléments sur la page de couverture ou laisser uniquement le personnage de Nouela ?

— Je n'y ai pas réfléchi, mais telle que vous l'avez représentée, je trouve qu'elle se suffit à elle-même.

— D'accord. Je vais donc réaliser une version finalisée, colorisée. Je suis pas mal occupé en ce moment, mais d'ici trois semaines, j'aurais du temps à consacrer à votre projet. Et puis nous verrons ensuite pour le livre illustré. Vous avez d'ores et déjà le texte ?

— Oh que non ! Je consigne régulièrement des idées en vrac dans un carnet, mais je n'ai encore rien structuré. La priorité pour moi actuellement, c'est l'achèvement du roman. Je vous ferai signe lorsque je serai prêt pour la suite.

Sur ces perspectives et projets qui m'enchantent, Benoît prend congé.

Le téléphone sonne.

C'est encore Julie.

Trois fois qu'elle tente de me joindre depuis ce matin. Forcément rien d'urgent, sans quoi elle m'aurait laissé un message. Je la rappellerai plus tard.

Là, je profite de ma bonne humeur et des

pulsions créatrices qui l'accompagnent.

Je me jette sur mon ordinateur.

Vingt heures trente-huit.

Julie se couche comme les poules. Faut que j'appelle maintenant.

Elle me prend de court, voilà que ça resonne. C'est qu'elle doit avoir des choses à me raconter pour faire une quatrième tentative à cette heure.

— Allo Julie ? Je suis désolé, je n'ai pas pris le temps de te rappeler, j'ai eu une journée chargée mais j'allais te contacter. Tu vas bien ?

Des flots de mots.

Un tsunami.

Une Julie en effervescence.

La voix haute. Perchée même, devrais-je dire. Une soprano sans son mezzo. Fatigant et irritant pour mes tympans.

Elle a rencontré quelqu'un. Elle biche. Petite vengeance étriquée de celle que j'ai quittée.

Je la vois venir ma fleuriste avec ses boutons de roses plein la bouche. J'attends l'épine. Ça ne tarde pas. Bim !

— Et toi ?

Me demande-t-elle d'une voix de crécelle sur une note proche du contre-ut qui tétanise sur le champ l'étrier de mon oreille droite.

C'est là que je suis parti en vrille.

Calmement pour un max de crédibilité.

D'une voix posée, d'un ton nonchalant mais affirmé, je lui ai raconté. Ma vie fantasmée comme une réalité.

— Comment te dire Julie... Je crains de te choquer...

— Me choquer ? Tu te fous de moi Vincent ? Est-ce que je t'ai déjà fait penser à une grenouille de bénitier ?

— Non, bien sûr que non. Mais enfin, c'est quand même bien toi qui m'as pris le chou pendant des mois pour qu'on se marie à l'église et qu'on baptise les filles. Ta conception de l'amour et de la cellule familiale est plus proche du concept judéo-chrétien que de la vie de Bukowski, on est d'accord ?

— Mais comment tu me la joues là ? Tu m'étales ta culture confiture laborieusement grattée ces derniers mois ? Tu te prends pour le nouvel intello de Saint-Malo ? Tu as écrit cent lignes sur ta tante obèse et ça t'a filé le melon ? Tu te prends pour Sartre ? T'as rejoint le club des donneurs de leçons existentielles ? Tu veux que je vienne te masser les chevilles pour t'aider à les dégonfler ? Raconte !

J'avais oublié qu'elle avait de la gouaille la

p'tite… et du répondant.

— Je voulais simplement…

— RACONTE !

Alors je raconte.

Mes amours libres avec les deux Katia. J'ai pas dit les trois, ça faisait un peu trop. Mais j'ai tout de même fait comprendre à Julie que j'avais une ouverture avec la troisième Katia, que j'ai déclinée, considérant qu'elle était beaucoup trop jeune pour moi. Je patauge dans la fumisterie. Je m'amuse comme un petit diable. J'ajoute des détails croustillants gratuitement. Comme la façon dont Katia Bodéric et moi, pimentons nos ébats en faisant l'amour follement en haut du phare des Bas Sablons.

— Dans le phare ? Mais comment y avez-vous accès ?

— Je dois garder mes petits secrets Julie, car effectivement, ce n'est pas à proprement parler, autorisé. Mais Katia connaît beaucoup de monde ici. Dont une personne qui a accès au phare et me laisse m'y rendre deux à trois fois par semaine pour écrire. Le site m'inspire. Et pas que pour écrire si tu vois ce que je veux dire…

— …

(Blanc. Soit elle doute, soit elle est scotchée)

— Avec l'autre Katia, qui a douze ans de moins que moi...

(Elle doit avoir la bouche pincée très serrée là...)

— ... nous partons parfois en week-end. Son activité artisanale lui laisse assez peu de temps en semaine, nous nous sommes adaptés. Voilà ma Julie. Ton Vincent ne se morfond pas comme tu vois.

— Et tu trouves le temps d'écrire avec toutes ces... Katia ?

Je la sens piquée.

Bien fait.

Je me suis vengé de ses railleries passées et de sa façon de me lutiner avec son amour tout neuf pour un quinqua bedonné qui la fera pas planer plus de trois ans forcément. C'est la durée moyenne du processus chimique qui nous fait vivre des moments magiques. Après, faut se montrer créatif, parce que c'est là qu'on commence à s'emmerder. Certes, l'ocytocine, hormone de l'attachement prend le relais, mais c'est sacrément moins excitant. Enfin, te voilà casée ma Julie, rassurée. Si ça te fait rêver et dormir rassénérée la tête dans l'oreiller...

— Elles m'apportent tellement, je me sens si

heureux et serein, que mes doigts courent tous seuls sur le clavier. Jamais été victime du syndrome de la page blanche. Je suis ravi pour toi en tout cas. Si tu penses avoir trouvé une belle personne, je te souhaite tout le bonheur du monde.

Mes paroles sombrent dans le gouffre qui désormais nous sépare.

Sans transition, Julie me parle de nos filles. Qui vont bien me dit-elle. Je le sais puisque j'échange avec elles. Et le lui rappelle au cas où elle insinuerait que je ne m'en préoccuperais pas.

Nous raccrochons.

Fin de l'épisode puéril et délirant.

Me voici seul face à moi-même.

Coup de mou.

Je m'approche de la fenêtre qui fait face au phare (point géographique stratégique du studio lorsque j'ai besoin de réfléchir).

Le ciel est orageux. J'ouvre en grand. Je m'enivre des embruns et de mille autres parfums que je perçois comme ceux d'une cinquième saison.

Je m'introspecte.

Serais-je aigri ? Frustré ? Jaloux de ce que vit Julie ?

Sincèrement non.

Alors pourquoi ces mensonges effrontés ? Pour répondre à sa provocation ? Sûrement.

Elle m'a agacé. Je suis rentré dans son jeu.

Je suis bêbête, c'est tout.

Je me sens heureux la plupart du temps. La solitude, le célibat objectivement ne me pèsent pas.

C'est un plaisir de fermer ma porte, de mettre mon verrou, de rire de tantine sans trop de méchanceté, et surtout de rire de moi.

Plaisir encore lorsque, plongé dans l'écrit, le mot juste, l'expression parfaite à mes yeux me font jubiler.

Oui, je ris tout seul. Et je m'en félicite. Pourvu que ça dure. L'autosuffisance n'est pas une tare me semble-t-il, plutôt une chance, voire une qualité.

Coup de scroll sur le smartphone :

«Les personnes autosuffisantes conjuguent bonne estime de soi et goût particulier pour l'indépendance. Elles aiment décider par elles-mêmes sans avoir à dépendre des autres. Elles n'ont pas peur de la solitude. On a du mal à les comprendre, car elles ne sont pas du tout conventionnelles. Leur liberté de penser les caractérise fortement. Le terme

«autosuffisance» renferme de précieux nutriments d'un point de vue psychologique. Ce concept n'est pas synonyme de détachement. Il ne s'agit pas de n'avoir besoin de rien ni de personne. L'autosuffisance est l'art d'avoir confiance en soi. »

Je reconnais là mon nouveau moi.

J'ai pas toujours été comme ça. J'ai donc évolué favorablement, me semble-t-il.

Le statut parfait n'existe pas.

Couple ou célibat, il y a des aléas dans les deux cas. Vivre seul, c'est angoissant. Parfois. Vivre à deux, c'est névrosant. Souvent. Choisis ton camp.

Julie est une «femme schéma». De celles qui aiment coller aux codes sociétaux. Pas le genre à trop s'interroger. Ni à remettre en question l'ordre social, moral, établi. J'ai suivi. Peur du conflit. Faible je suis.

Un mariage à l'église. Les filles baptisées. Une semaine au ski l'hiver, trois semaines iodées l'été. Les dimanches en famille. Un ronron calibré. Le tout suintant l'ennui et la respectabilité. Ça la rassurait. Ça me pompait l'air mais je ne peux pas me plaindre d'en avoir réellement souffert. J'ai accepté. J'ai pas moufté, le cul serré dans mon moule à cake.

Standardisé.

Quelque part, cette vie-là m'a éloigné de moi.

Aujourd'hui, l'avenir m'est incertain, mais je me sens plus vivant que jamais. Plus créatif aussi. Plus empathique. Meilleur. Et surtout, surtout... libre. Avec tout ce que cela suppose d'enivrement.

Je suis passé du besoin qui musèle, au désir et au rêve, qui ouvrent grand l'espace en moi. J'ai appris à choisir mes relations au lieu de les supporter. Sauvage et sociable à la fois, je ne suis plus obligé de rien. Être seul me permet de vivre en permanence, une situation propice à l'inattendu. Je suis totalement disponible sans être en attente de rien. Je me sens à chaque réveil, disposé à tous les préludes.

Autosuffisant le Vincent.

23 mars 2024

Penvenan

Côtes d'Armor

Gabin Riou s'empare de son téléphone et consulte le message que vient de lui adresser sa fille :

«Une cliente m'a fait perdre du temps en me demandant à la dernière minute, une épilation des jambes qui n'était pas planifiée. C'est une fidèle de ma boutique, je n'ai pas pu refuser. Je quitte Saint-Malo de suite. Je devrais être à Penvenan vers vingt-et-une heures au plus tard. Je t'embrasse, à tout à l'heure».

L'incinération avait eu lieu la semaine précédente.

Demain, Gabin et sa fille iront disperser les cendres de leur épouse et mère dans les flots gris en cette saison, du côté de la plage de Keriec, que Jeanne Riou aimait tant.

Au centre de la table familiale, il a déposé le délicat mouchoir dont la légèreté du tissu et la finesse de la dentelle, contrastent avec l'épais plateau rustique de chêne.

Ce soir il lui dira à sa petite Katia. Ce que Jeanne ne souhaitait pas qu'elle sache.

24 mars 2024

Route Nationale 12

La Dacia rouge se traîne sur la file de droite.

Katia a la tête ailleurs.

Son univers a basculé.

De la bouche de son père, elle a appris hier qu'elle avait été adoptée.

Née sous X.

De sa mère biologique, ne lui reste qu'un mouchoir finement dentelé. Rigoureusement identique à ceux de Katia Morvan et Katia Bodéric.

Ils l'ont prénommée Katia à cause du K brodé, et parce qu'ils trouvaient que ce prénom était hors du temps, qu'il traversait les générations sans jamais se démoder.

Il faut qu'elle en parle à quelqu'un. Elle ira frapper chez Vincent, dès son arrivée.

Elle accélère, soudain pressée.

Impossible de trouver le sommeil depuis qu'elle est passée.

Elle a toqué à ma porte vers dix-neuf heures, j'avalais ma dernière bouchée de grosse tartine au beurre salé, couronnée d'un rogaton de camembert. Encore un dîner parfaitement déséquilibré.

Ce que j'aime entre autres douceurs dans ce petit immeuble, c'est que chaque fois que l'on frappe à ma porte, je sais d'emblée que c'est une femme qui vient me visiter. Pas de mystère. Petite joie à chaque fois.

Elle m'a raconté.

Incroyable.

Impensable.

Du coup, on a décidé d'organiser une réunion de crise au Q.G.

Je suis allé glisser des petits papiers sous les portes des deux autres Katia :

Le mystère du mouchoir s'épaissit. Katia Riou a reçu

récemment le même que vous.

Faut qu'on creuse.

Rendez-vous chez moi mardi soir vers vingt heures trente.

Votre voisin préféré,

Vincent

Je me tourne, je me retourne, je gigote dans le paddock.

Pur hasard ce mouchoir ? Mon petit doigt boudiné me dit que non. Et j'ai l'aval de mon intuition.

Vivement mardi qu'on cause de tout ça, mon côté Sherlock Holmes est dans tous ses états.

J'émets l'hypothèse que, peut-être, les deux autres Katia soient également nées sous X, puis adoptées.

Katia Bodéric laisse éclater ce rire qui me fait chaque fois penser aux sons de son célesta.

Katia Morvan affiche une moue dubitative.

Elles en restent à la théorie du hasard.

Je suis frustré. Et je passe en prime pour un écervelé à l'imagination trop galopante.

J'observe néanmoins qu'elles sont toutes trois moins prolixes et enjouées que lors de notre précédente réunion.

J'espère avoir semé un doute dans leur esprit, qui les poussera à se questionner, afin au moins d'éliminer de façon sûre, l'éventualité que je leur ai suggérée.

Il est à peine vingt-trois heures lorsqu'elles se donnent toutes les trois le mot pour retourner chacune dans leur appartement.

Je reste seul avec mon petit doigt boudiné qui continue de m'affirmer que j'ai du nez.

8 avril 2024

Studio, 23 Place Duchesne

J'en reviens pas.

Je viens de taper le mot « FIN » sur la dernière page du roman historico-burlesque de Tata Nouela. Petite danse de la joie entre la table du salon et mon sofa.

Chui content, c'est le printemps, c'est pour moi qu'elles butinent,
Les abeilles dans le soleil, me préparent mes tartines...
Henri Dès. C'est le printemps.

Qu'est-ce que j'ai pu la chanter à mes filles c'te chanson !

Faut que j'appelle Benoît pour partager ça. Et lui demander si l'illustration de la couverture est achevée.

Toc ! Toc ! Ce doit être Katia Bodéric à ma porte.

Parce que Katia Riou, c'est plutôt tic ! tic !

Et Katia Morvan, tac ! tac !

Je donne un coup d'accélérateur à mes

guiboles, mes chaussons fument et je fuse dans l'entrée.

J'ouvre.

Personne.

Pas même Kevin le chat dont la litière porte en son centre un sacré popo au fumet frais.

Je suis bon pour nettoyer ça, je me suis engagé pour ce fichu quadrupède.

Les crottes du jour, c'est moi. Les pipis du soir, pour les Katia. J'ai parfois l'impression qu'il fait plus souvent popo que pipi, rien que pour m'emmerder.

Je saisis la petite pelle à déjections fixée sous l'escalier. Puis finalement, fort de ma bonne humeur du jour, je m'empare de la boîte à déjections, je vais changer tout ça. Katia Morvan m'en saura gré, c'est sa semaine de changement de litière.

Je manque de marcher sur le billet bleu en rentrant dans le studio. Katia Bodéric a donc bien toqué à ma porte, c'est sa couleur de papier. Elle a glissé le mot doux et s'est sauvée.

Je pose les toilettes du félin dans la douche et retourne ramasser le message, plié en quatre, que je déplie rapidement.

Une petite phrase qui fait tressauter de joie mon petit doigt :

Nom d'un chat malouin ! Je le sentais, je le savais.

Merde ! Il vient de rentrer dans le studio, j'ai pas refermé la porte.

Kevin cherche ses commodités, il va me pisser sur le canapé.

Mon téléphone sonne. C'est Johnny de la librairie.

— Allo ?

Kevin vient de se jeter toutes griffes dehors sur le portrait de Tata Nouela. Je ne comprends pas.

Johnny me cause dans l'oreille. Je ne capte pas.

Je suis dépassé par mon actualité. Je m'excuse auprès de Johnny et lui dis que je le rappelle dans le quart d'heure qui suit.

Je chope le chat qui me refait l'avant-bras.

Je le balance dans le couloir, referme ma porte et mets un coup de verrou dans le cas où ce chat serait un mutant capable d'ouvrir une porte munie d'une poignée ronde.

Je file à la salle de bain. J'ai du désinfectant mais pas de pansement et ça pisse dru. J'attrape le rouleau de P.Q. et enroule la moitié du contenu autour de la viande saignante. Je plonge l'autre bras dans le bac à linge pour saisir une chaussette, et je fais une grosse rosette autour du papier toilette. Ça va, ça tient. Ouf.

J'inspire, j'expire.

J'entreprends de nettoyer la litière. Tout en m'inquiétant de savoir si, en allant la reposer dans le couloir, Kevin, trouvant que j'ai une ressemblance troublante avec ma tante, ne me saute au visage.

Du reste, je l'entends feuler dans le couloir.

Il a pété une pile ce chat, il était pourtant super cool jusque-là. Il respectait les codes de vie du 23, chacune chez soi, moi chez moi et lui dans sa studette aménagée sous l'escalier. Et il nous cassait pas les pieds.

C'est peut-être le son du handpan qui l'a rendu dingo. Ou les notes graciles du célesta. Pas adaptés aux chats ces instruments-là.

Purée de pois, je fais quoi ? J'ai le bac à litière dans les bras. J'entends plus le chat. Je me mets près de la porte et j'appelle :

— Kevin ?

(Des fois qu'il me réponde «Sors pas tête de rat, j'aime pas ta face de Nouela»)

Bon, ça suffit ces conneries.

J'entrouvre.

Pas de chat.

Je me jette sous l'escalier, dépose la boîte, et repars aussi sec dans l'autre sens.

J'ai renversé de la litière partout, je vais me faire engueuler trois fois mais je préfère ça aux griffes de chat.

Je rappelle Johnny.

— Salut c'est re-moi !

— Salut Vincent. Voilà, je t'appelais car j'ai un service à te demander. Ma sœur qui est dans le Finistère, doit subir une petite intervention chirurgicale sans gravité mais qui suppose qu'elle reste à l'hôpital trois ou quatre jours. Et son mari vient d'apprendre qu'il doit impérativement s'absenter pour raison professionnelle. Je vais donc aller là-bas. Accepterais-tu de tenir ma boutique avec Madame Madsen pendant mon absence ?

— Avec grand plaisir ! Á partir de quand ?

— Dès demain matin car je pars ce soir. Madame Madsen assurera l'ouverture de la librairie demain à neuf heures.

— Pas de problème, j'y serai.

— Merci Vincent. Ça m'ennuyait de laisser Madame Madsen totalement seule, on ne sait jamais, elle n'est plus toute jeune et assez fragile, ça me rassure que tu sois avec elle. Tu pourras me joindre à tous moments, j'aurais mon portable en permanence sur moi.

— Ça roule, ne te fais aucun souci Johnny, je suis ravi, ce sera une chouette expérience pour moi !

Johnny n'est pas son nom de baptême. Ses parents l'ont prénommé Joachim à l'origine. Mais je trouvais que Johnny lui allait bien, une touche kitch qui sied à son teint.

9 avril 2024
À la librairie

Je fais mon libraire.

J'adore ça. Les gens sont sympas. On parle de livres, de météo et de Saint-Malo.

En cas de demande trop spécifique, j'appelle Madame Madsen à la rescousse. Elle connaît tous les rayons.

V'là le livreur. Avec deux gros cartons. Des bouquins, forcément.

Je vais pouvoir m'amuser à les ranger, bien serrés et bien droits. J'aime aussi faire ça. «C'est satisfaisant», comme dit ma benjamine. Ce sera pour cet après-midi. Là, il est midi, j'ai un petit creux et les paupières qui s'alourdissent. Un sandwich et un siestou seront les bienvenus. Madame Madsen s'occupe de la fermeture de la boutique pour la pause déjeuner.

Bon sang ! J'ai dormi comme un sonneur, pas entendu le réveil !

Ouverture de la boutique au public dans dix minutes et j'avais dit à Madame Madsen que je serai là pour quatorze heures ! Soixante minutes de retard, rien que ça, heureusement que je ne suis pas en période d'essai pour un job, sans quoi viré d'entrée de jeu. Je fonce.

Y'a une dame le nez collé à la devanture. Elle tape à la vitre.

Encore une impatiente, je vais la recadrer. Non mais ! Madame Madsen peut bien avoir un petit temps de retard tout de même ! Et moi donc... Je suis essoufflé. Je contiens mes nerfs, restons poli, ce n'est pas mon affaire, c'est la boutique de Johnny, faudrait pas que je lui attire des ennuis.

— Bonjour Madame, excusez-nous, nous avons un peu de retard, mais je vous ouvre de suite.

— La dame est au sol Monsieur ! Regardez ! Elle a dû faire un malaise ! J'essayais d'attirer son attention en cognant à la vitre, mais elle ne réagit pas !

La porte est fermée et j'ai pas la clé. Oubliée en partant. Nom de D... !!! J'appelle les pompiers.

Intervention musclée des sapeurs.

Pétage de vitre. Entrée fracassante sur les lieux.

Madame Madsen bat des cils. Réaction naturelle à l'odeur virile. Elle est en vie. Les yeux vitreux, le teint plus pâle encore, mais vivante.

Elle se plaint de son bassin et de son coccyx. Pas bon ça.

La voici déposée sur une civière et en partance pour l'hôpital.

Un pompier me demande si je peux me charger de lui préparer des effets personnels.

Je dis que oui, que je les lui porte au plus vite.

Tout le monde s'en va. Je me retrouve seul au milieu des bouts de verre brisés.

J'appelle Johnny. Qui me dit où trouver un double des clés de la chambre de Madame Madsen. Et m'indique que du contreplaqué entreposé dans l'arrière-boutique devrait faire l'affaire pour condamner la porte d'entrée du magasin.

Je transpire. De stress. Je fais tomber une quinzaine de livres au total, en passant dans les rayons avec ma planche sous le bras. J'ai les clous dans la bouche et le marteau dans la main.

J'applique le contreplaqué contre la porte. Coup de chance. Elle est de bonne dimension. Pas de découpes à faire sans quoi j'y passais l'après-midi compte tenu de mes compétences en menuiserie.

Avant de poser le premier clou, je jette un œil aux alentours, des fois qu'un bricoleur ou une bricoleuse aurait été tenté(e) de venir m'aider, par pure empathie, par amour de son prochain, par pitié au vu de ma face décomposée. J'ai tellement peur de faire une grosse connerie en plus des dégâts déjà conséquents liés à l'incident.

Personne. Pas un chat.

Ah, si. Justement un chat, un seul.

J'hallucine ou c'est Kevin ? C'est Kevin !!! Qui accourt vers moi ! En miaulant «Papa !!!». Non, là, j'en rajoute. Il vient se frotter et s'enrouler dans mes jambes cet idiot. Comme si la situation n'était pas déjà assez compliquée.

J'ai le clou entre les doigts de la main gauche, le marteau dans la main droite et le chat entre les mollets.

Allez vas-y Vincent, jette-toi. Frappe, cogne sur le clou ! Sois un homme ! C'est pas un truc de super héros ça, tu peux le faire ! Bim ! Un seul coup. La planche tient. Facile maintenant.

Je vais mettre plein d'autres clous tout autour, et ça bougera pas. Je repasserai d'ici ce soir avec des vis. Ce sera plus professionnel et plus fiable. Je sors le gros marqueur de ma poche et inscris sur le contreplaqué :

FERMETURE EXCEPTIONNELLE

CET APRES-MIDI

Je passe par la petite porte sur le côté qui donne accès à l'escalier menant à la chambre de Madame Madsen.

J'entre dans son univers.

Simple et joli.

Des murs blancs dénués d'ornements si ce n'est la photo de l'église de Svaneke que je reconnais instantanément. Un lit une place couvert d'une couette moelleuse et de son oreiller tout aussi accueillant. Un chevet et sa lampe sobre. Un grand semainier à côté de la porte d'entrée. Une table carrée dans le coin cuisine.

Je ne trouve pas de sacs, ni de valise. Un grand panier qui doit respirer le grand air les jours de marché fera l'affaire.

Je me dirige vers le semainier. Ses vêtements doivent être dedans. C'est gênant.

Intimidant d'avoir à ouvrir les tiroirs de la chambre d'une femme, que l'on connaît à peine, âgée de surcroît. C'est comme si j'allais franchir une frontière. Entrer dans une vie par effraction. Me mêler de ce qui ne me regarde pas. Mais je n'ai pas le choix.

Le premier tiroir propose culottes, chaussettes, mouchoirs et chemisettes de nuit. Parfait. Je prends de quoi se changer pour trois jours. Je reviendrai si nécessaire.

Les mouchoirs. Non, je ne rêve pas. Ce sont les mêmes que ceux des Katia. Il y en a sept. Pas un chiffre qui tourne rond ça. Pas le temps de me poser trop de questions. Je trouve un pull et un pantalon dans les autres tiroirs. Un peignoir accroché à la porte de la douche, brosse à dents, dentifrice, peigne, chaussons. Et finalement, un sac de voyage dans le tiroir du bas. J'y fourre tout et file.

Madame Madsen a retrouvé des couleurs. Le haut de ses joues est légèrement rosé. Elle esquisse un sourire à mon arrivée.

— Monsieur Marchal... Je vous donne du tracas... Je suis navrée...

— Je vous en prie Madame Madsen, c'est un plaisir que de vous être utile. Je me suis permis d'aller dans votre chambre pour y prendre quelques effets, ainsi que votre sac à main. J'imagine que vous en aurez besoin pour la partie administrative de votre séjour ici.

— Vous êtes efficace, merci. Je ne devrais pas rester trop longtemps ici, j'ai fait un malaise et suis tombée comme une masse sur les fesses avant de perdre complètement connaissance. Je n'ai rien de cassé. Un bel hématome mal situé, c'est le seul bobo à déplorer.

Un médecin se présente à la porte laissée ouverte de la chambre. Il me salue.

— Bonjour Monsieur. Puis-je vous parler un instant ?

Il doit me prendre pour le fils de Madame Madsen.

Je le rejoins.

— Je suis le Docteur Laussène. Votre maman a fait une chute sans gravité, mais toutefois, ses analyses indiquent des carences. Liées à un problème de malnutrition. Qu'en est-il de sa situation personnelle ?

— Docteur, je ne suis pas le fils de Madame. Une simple connaissance. Je ne saurais vous renseigner sur sa personne. Je sais simplement qu'elle réside seule au-dessus d'une librairie dans une chambre que lui loue le propriétaire de la boutique. Elle n'a, je crois, aucune famille en France, elle est danoise.

— Je vois. Je vais me rapprocher des services sociaux, voir si l'on peut mettre en place une assistance pour elle. Nous allons la garder deux ou trois jours en observation. Le temps qu'elle reprenne des forces. Il lui faudra encore du repos à son retour.

— D'accord. J'en parlerai à son propriétaire qui a de l'affection pour elle, et ensemble nous trouverons des solutions pour l'épauler au mieux durant sa convalescence.

— C'est tout à votre honneur Monsieur...

— Marchal. Vincent Marchal.

— Merci à vous Monsieur Marchal.

De rien Docteur.

Je suis Vincent le chevalier blanc autosuffisant.

En quittant Madame Madsen, nous avons convenu de nous appeler par nos prénoms à l'avenir.

Elle se prénomme Kirsten.

Ceci explique le K.

Je n'ai pas osé lui parler des mouchoirs, je reviendrai sur le sujet plus tard.

En arrivant Place Duchesne, je vois Katia Morvan sortir sur le pas de la porte d'entrée, une pelle à la main, la balayette dans l'autre.

Aïe. Je vais prendre cher.

— Bonjour Katia ! Je vais vous expliquer...

Elle a un air pète-sec qui ne me plaît pas. Et ne me laisse pas le temps de me justifier sur l'état de la partie commune qui est aussi l'espace personnel du chat.

— Ah ! Parce que vous avez vu l'état de l'entrée avant de partir ? Et vous avez laissé le tout comme ça ?

J'explique.

Ma bataille avec le chat. Mon retard. Mon départ précipité. Pas eu le temps de nettoyer.

Katia Morvan s'inquiète du chat mais pas du tout de mon avant-bras.

— Etrange cette réaction de Kevin... Il est si calme et câlin habituellement ! Vous êtes sûr de ne pas avoir fait quelque chose qui aurait pu l'effrayer ? Le stresser ?

Elle est bien bonne celle-là ! Ça va être de ma faute maintenant !

— Je vous assure que non Katia ! J'étais au téléphone lorsqu'il s'est jeté sur le portrait de ma tante. Incompréhensible ! Je vais finir de nettoyer si vous voulez...

— Non, non, j'ai terminé. Oh regardez ! Kévin arrive !

Miaou-miaou. La queue en point d'interrogation, le v'là qui se colle contre les tibias de Katia. Quel fayot ce chat. Elle le prend dans ses bras.

— Et ben alors mon minou ? Tu as fait le foufou ? Tonton Vincent n'est pas content tu sais ! Allez viens par-là, j'ai rempli ta gamelle et ta litière est toute propre !

Elle tourne les talons. Le chat dans les bras.

Je reste sur le trottoir. Comme deux ronds de flan. Je lui aurais bien demandé si elle avait une visseuse électrique et des pansements, mais je me méfie encore du chat. J'irais voir une autre Katia.

Je rentre au studio. Je nettoie mon bobo. Ça saigne encore très légèrement. Il m'a pas raté cet empaffé. Je vais avoir une cicatrice c'est sûr.

Je pars tenter ma chance chez Katia Bodéric. Elle est là. Elle a des pansements. Elle a une visseuse. Elle prépare un thé. Elle m'invite à m'assoir sur son canapé. Une fée.

Je raconte ma journée de folie. Elle sourit. Elle rit. Elle redevient grave et en vient au sujet de son adoption.

— Vous aviez raison Vincent. J'ai effectivement été adoptée après un accouchement sous X. J'ai téléphoné à mes parents après notre entrevue chez vous. Je leur ai raconté cette histoire de mouchoirs, et leur ai fait part en riant de votre allusion à l'adoption. Il y a eu un blanc au téléphone... Mon père m'a alors tout expliqué. Son impossibilité avec ma mère, d'avoir des enfants. La petite enveloppe laissée à leur intention après l'accouchement par ma mère biologique, qui contenait le mouchoir et un papier blanc sur lequel était simplement écrit «Katia». Le prénom convenait à mes parents, ils ont choisi de le garder.

Je n'ai pas de mots.

Je ne sais pas s'il faut la consoler, la faire rire.

Je la prends dans mes bras et je la berce.
Ça semble lui convenir. Nous restons ainsi enlacés de longues minutes. Puis elle s'écarte. Avec toujours ce sourire qui, en cet instant, est celui d'une enfant.

— Excusez-moi un instant...

Elle se dirige vers la salle de bain.

Sur le guéridon près du canapé, j'aperçois le mouchoir au K brodé.

Sans réfléchir, je m'en empare. Et le glisse dans la poche de mon pantalon.

Elle revient.

Ses yeux sont légèrement rougis, elle a pleuré. Mais son regard est rieur. L'émotion douloureuse s'en est allée.

Je prends congé.

Et file à la boutique visser le contreplaqué.

Demain, je vais bien galérer. Faudra tout dévisser pour atteindre la serrure et ouvrir la porte d'entrée. Puis trouver une autre solution pour calfeutrer la vitre brisée. Un film plastique fera l'affaire en attendant l'intervention du vitrier que je n'ai pas pris le temps de contacter, à moins que Johnny s'en soit chargé.

Il est près de vingt-trois heures, je suis rincé.

Tout tourne dans ma tête.

Kirsten, le chat, les mouchoirs, Katia un, Katia deux, Katia trois, Tata Nouela.

Je tombe d'un bloc dans le paddock.

10 avril 2024

Studio, 23 Place Duchesne

Je me demande si le réveil sonne dans mon rêve ou dans la réalité. Comme il insiste, ce doit être la réalité.

«Lève-toi !» me dis-je en enfonçant un peu plus ma tête dans l'oreiller.

L'excitation des perspectives de la journée me fait finalement quitter la couette dans un délai respectable.
En pantalon sportwear déformé et pull tâché, je drope vers la boutique.

Contre-plaqué dévissé en deux coups les gros, comme un pro.

Je farfouille dans l'arrière-boutique et trouve un gros rouleau de film étirable. Je colmate la vitre émiettée.

Johnny m'a envoyé un texto hier soir, très tard, bien après que je me sois endormi, pour me dire que le vitrier passerait dans l'après-midi. Parfait.

Midi.

Dans trente minutes, je boucle. Et je file à l'hôpital voir Kirsten Madsen. Avec le mouchoir. Faut que je sache.

J'arrive dans sa chambre. Elle dort. Zut. Je ne peux décemment pas la réveiller. Je m'assieds dans le fauteuil dédié aux visiteurs. Et je m'assoupis moi aussi.

C'est elle qui me réveille une bonne heure plus tard.

J'ai dormi du sommeil du juste. Ça m'a fait grand bien.

— Bonjour Vincent. Je me suis permis de vous réveiller car il ne faudrait pas que vous soyez en retard à la librairie, et puis... j'aurais souhaité que vous me rameniez là-bas.

— Bonjour Kirsten. Je ne suis pas sûr que rentrer chez vous dès aujourd'hui soit raisonnable. Vous avez subi un choc tout de même, vous êtes encore faible.

J'apprends ainsi que les bretonnes ne sont pas les seules femmes têtues en ce bas monde. Les Danoises ne lâchent pas facilement l'affaire non plus.

Je pars donc dans les couloirs de l'hôpital, à la recherche d'un médecin susceptible de signer une décharge.

Et nous rentrons.

J'ai fait promettre à Kirsten de se reposer le plus possible. Lui ai dit que je repasserai en soirée.

J'ai appelé Johnny pour l'informer que je fermerai la boutique plus tôt, afin d'aller faire quelques courses pour la vieille dame.

Suis repassé la voir à dix-neuf heures, les bras chargés de mets protéinés et vitaminés.

Je lui ai fait cuire un bon gros steak haché de chez le boucher. Avec des pâtes complètes, ça devrait la caler. Un fromage blanc très légèrement sucré, et une mangue en tranches finement coupées.

Bon. Manifestement, je suis nul en portions pour personnes âgées. Je termine la moitié du steak et la quasi-totalité des pâtes. Ainsi que la mangue dont elle laisse un bon quart.

J'insiste pour la coucher avant de partir. Et la border. Ça la fait rire. Tant mieux.

Je sens une pulsation dans mon petit doigt. Comme un battement de sang un peu plus fort à cet endroit. Il me parle. En langage de petit doigt. «Ne parle pas du mouchoir ce soir». Je l'écoute. Je respecte son expérience d'intuitif.

Je reviendrai plus tard avec le mouchoir.

.

On s'est organisés avec Johnny depuis son retour. On prend soin de Madame Madsen à tour de rôle, trois jours de suite. On est aux petits soins.

Elle a repris du poil de la bête. S'est renflouée. Ses dernières analyses sont bonnes.

On remplit le frigo. Elle en est gênée. Mais nous on est tout fiers et très heureux de le faire.

Johnny ne veut plus qu'elle travaille à la librairie. Mais il lui a proposé d'animer un atelier de lecture pour les enfants, le mercredi après-midi. Elle est ravie. Une petite heure et demie entourée de têtes blondes, qui écoutent avec émerveillement, cette charmante vieille dame conter le folklore du Danemark, avec cet accent si particulier qui rend ce moment encore plus prenant. La première a eu lieu hier. Un franc succès. J'y étais. Parents et enfants sont repartis enchantés. Ils seront là chaque mercredi.

Ça fait trois semaines que je ronge mon frein. Avec le mouchoir.

J'attends un signal de mon petit doigt qui ne vient pas. Faut que je me décide. Katia Bodéric a mis un mot dans l'entrée :

J'ai perdu mon mouchoir brodé.
L'aurais-je oublié chez l'un d'entre vous ?

Il est grand temps de le lui restituer.

Je regarde les prévisions météo. Demain, il fera grand beau. Aucun rapport avec l'histoire des mouchoirs, mais je me dis que, sous le soleil, je serais plus inspiré.

Je pressens un moment délicat. La vitamine D sous forme d'U.V., ça devrait m'aider. Je serai positif et enjoué, prêt à parer à toute forme d'éventualité.

Si le mouchoir de Katia n'a aucun lien avec Kirsten, je serais frustré, c'est sûr, mais c'est tout.

Si, au contraire, il est une des pièces du puzzle que j'ai commencé à constituer dans ma cervelle pas si délurée, il va en découler de l'émotionnel à la pelle. Je n'attends pas l'aide de Dieu, mais du ciel bleu.

9 mai 2024

Rues de Saint-Malo

J'ai acheté deux tartelettes à la framboise. Et une boîte de rooibos citronné. Je sais que Kirsten a un faible pour ce breuvage.

Je l'ai prévenue hier que je passerai vers seize heures. Je serai en retard d'à peine un quart d'heure, la faute au Kevin qui s'est glissé sous le canapé au moment où je quittais le studio. Et pas question qu'il reste chez moi en mon absence. Il y a un problème d'hormones entre nous. Je suis le mâle de trop pour lui dans cet immeuble. Et réciproquement. Il en rate pas une pour me faire des crasses. Et il a beaucoup d'imagination pour un vulgaire chat de gouttière. Je suppute même qu'il est H.P.I. ce félin. Jamais vu un chat aussi perfide et malin. Avec moi en tout cas. Parce qu'avec les Katia, il est super sympa.

Bref, voulant éviter qu'il fasse un massacre chez moi, j'ai passé dix bonnes minutes à plat ventre dans le salon, les deux bras embobinés dans des torchons pour éviter de me faire déchiqueter tandis que je plongeais mes mains sous le sofa pour choper le chat.

Il a craché, miaulé, vociféré, mais j'ai gagné.

Ça m'a mis en joie, j'ai la chanson du matou qui m'est revenue soudain. Encore une que je chantais aux filles.

Tompson, le vieux fermier a beaucoup d'ennuis
Il n'arrive pas à se débarrasser de son vieux gros chat gris
Pour mettre à la porte son chat, il a tenté n'importe quoi
Il l'a même posté au Canada et lui a dit "Tu resteras là"

Elles entonnaient le refrain avec moi. Au fond de leurs gorges rosées déployées, j'apercevais deux petites glottes rigolotes qui s'agitaient.

Mais le matou revient le jour suivant
Mais le matou revient, il est toujours vivant

Julie râlait, trouvait que les paroles étaient violentes.

Nous, on s'en fichait. On chantait.

Le voisin de Tompson commence à s'énerver
Il prend sa carabine et la bourre de T.N.T
Le fusil éclate, la ville est affolée
Car une pluie de petits morceaux d'homme
vient de tomber
Tiens, un doigt... Oh, un genou, un œil...
Mais le matou revient le jour suivant
Mais le matou revient, il est toujours vivant
Le matou revient car ce matou là ce n'est pas
un simple matou
Ce matou-là, c'est un matou malin
Ce matou-là, c'est plutôt le destin, le destin...

Me v'là arrivé. Je m'applique à monter l'escalier d'une démarche féline, je fais concurrence à Kevin, avec toujours le refrain de la chanson du matou dans la tête.

Toc ! Toc ! Pause. Toc ! C'est ma signature, mon code d'arrivée. Kirsten sait ainsi que c'est moi. Une double-croche, une noire, c'est Vincent qui vient la voir.

J'attends son signal.

— Entrez Vincent, entrez !

— Bonjour Kirsten ! Mais vous avez une mine superbe !

— C'est grâce à vos bons soins et ceux de Monsieur Le Maguet. Vous me gâtez, vous savez...

— Tenez, en parlant de gâteries, voici de quoi régaler nos becs sucrés. Je mets l'eau à bouillir pour le rooibos citronné. Installez-vous Kirsten, je fais le service !

J'aime vraiment beaucoup son prénom. J'aurais adoré être amoureux d'une Kirsten. J'aurais écrit son nom partout. Sur les murs, les arbres, le sable, dans le ciel, sur les ailes de mon nez et jusqu'à sous la plante de mes pieds.

Je tripote machinalement le mouchoir dans la poche de mon pantalon.

À la maison, j'ai préparé soigneusement mon discours d'introduction à la question. Mais en face d'elle, ça ne tourne plus rond. Je vais y aller doucement. Ne pas parler des trois mouchoirs. Commencer par un.

— Kirsten, figurez-vous que l'une de mes voisines possède exactement le même mouchoir que ceux que je vous ai apportés l'autre jour à l'hôpital.

Sa petite main délicatement ridée par le temps est restée en suspens au moment où elle s'apprêtait à porter à sa bouche le dernier morceau de tartelette. Qu'elle repose sur son assiette. Elle baisse la tête. Je l'entends à peine murmurer :

— Je ne pense pas que ce soit le même Vincent. Il s'agit de pièces uniques confectionnées par ma grand-mère qui était dentelière au Danemark.

Je sors le mouchoir de ma poche et le lui tends.

D'une main fébrile, elle le prend.

Silence.

Silence.

Silence.

Je ne respire plus.

J'attends.

Des larmes s'échappent de ses yeux mi-clos.

— Vous êtes un sauveur Vincent. Un sauveur...

J'attends encore. Je ne veux pas la brusquer.

— Vous avez retrouvé ma fille.

Mon petit-doigt n'en peut plus là. Il frétille de joie.

— Se prénomme-t-elle Katia ?

— Oui Kirsten. Katia Bodéric. Elle est musicienne. C'est une très belle femme. Elle a une fille et elle est divorcée.

— Vincent... Je suis très émue...

— Je comprends Kirsten... Voulez-vous que

je vous laisse seule un moment ?

— J'aimerais vous conter cette histoire, mais... Oui, si vous voulez bien repasser un peu plus tard, le temps que je me remette de ce choc...

Je me lève, ramasse rapidement nos tasses et assiettes que je dépose dans l'évier.

J'enfile ma veste.

Je me penche vers elle, lui dépose un baiser sur la joue et lui glisse :

— Je suis tellement heureux pour vous Kirsten... Je reviendrai vers dix-neuf heures, avec de quoi dîner.

Elle laisse échapper un petit rire :

— Vincent, prenez pour vous, je n'aurai pas l'appétit pour manger, et puis j'ai pris presque trois kilos depuis que vous gérez mon frigo.

— Encore une bonne nouvelle ! Des kilos, c'est ce qu'il faut pour résister aux vents de Saint-Malo ! À tout à l'heure !

Je suis aux anges. C'est moi, Vincent l'archange.

J'ai marché longtemps, en serpentant, du centre-ville jusqu'à Saint Servan.

J'ai léché chaque vitrine, caressé tous les chats errants, fait deux trois courses chez le super-marchand.

Un œil à mon cadran : il est temps. D'un pas alerte, voire impatient, chez Kirsten je me rends.

Elle m'attend.

Un joli châle du bleu de ses yeux couvre ses frêles épaules.

Nous nous sourions mutuellement. Presque tendrement.

Je sors deux bolées et y verse le cidre que j'ai apporté. Nous trinquons. À nous. Aux bizarreries de la vie. À ses hasards ou au destin, on ne sait plus très bien.

Elle tamponne sa bouche délicate avec sa serviette.

— Vous avez pris des moules, Vincent ?

— Oui ! Et du roquefort ! J'adore les moules au roquefort. Et vous ?

— J'avoue que je les préfère natures ou au vin blanc. Une quinzaine de moules, ce sera largement suffisant pour moi.

— Mais pas de soucis ! Je prépare ça.

Pendant que je tambouille, et malgré le bruit que je produis en cuisinant, elle s'assoupit dans son fauteuil.

Une fois la table dressée et les moules prêtes à être dégustées, je pose ma main sur son bras pour la réveiller.

— Madame est servie...

Nous dînons en silence. Je réfrène mon impatience. Je prépare la tisane et la laisse infuser.

— J'ai eu une vie...

Je pointe mes oreilles. Elle parle si doucement...

— ... difficile. Des moments très heureux bien sûr, mais beaucoup de chagrins aussi. J'ai quitté mon pays à l'âge de dix-huit ans. Pour suivre celui que je pensais être l'homme de ma vie. Un breton. Des environs de Saint-Malo. De quinze ans mon aîné. Une passion... Enfin, pour moi, c'en était une. J'étais enceinte de lui lorsque j'ai quitté mon pays. Je ne le savais pas encore. Lorsque mon ventre s'est arrondi, il m'a dit ne pas vouloir d'enfant. Il est parti. Nous vivions chez ses parents. Qui m'ont jetée dehors, sans travail, parlant très mal le français et à quelques semaines de mon accouchement. J'ai erré... J'ai trouvé refuge à l'hôpital. Où l'on m'a acceptée au vu de mon état et de l'imminence de la naissance. J'ai accouché sous X d'une petite fille. Un si beau bébé, que j'aurais aimé garder... mais ma situation ne le permettait pas. J'étais perdue. Je n'étais plus moi-même. Je n'avais plus ni foi ni joie. Pour la petite, j'ai laissé une enveloppe avec un de mes mouchoirs, accompagné d'un simple papier sur lequel j'avais noté « Katia ». Le prénom de ma grand-mère. J'ai passé une année entière à vaguer, la plupart du temps dans la rue, parfois dans des foyers. J'ai trouvé un emploi de serveuse qui m'a sauvée, me permettant de m'offrir un toit. Une petite chambre sous les combles. Un palais après ce que j'avais connu. J'y suis restée cinq ans. Puis j'ai rencontré celui qui allait devenir mon compagnon pendant plus de dix ans. Voilà Vincent. Comment faire maintenant ? Ma Katia acceptera-t-elle de voir sa mère après tout ce temps ? Est-ce souhaitable ? Je ne voudrais pas perturber sa vie... Sait-elle seulement qu'elle a été abandonnée ? Ses parents adoptifs lui ont-ils dit la vérité ?

Je reste prudent.

— Je ne sais pas Kirsten. Mais je la connais suffisamment pour aborder le sujet avec elle. Nous avons tout le temps. Reposez-vous. Je vous tiendrai au courant.

Je suis reparti doucement. Descendant les escaliers délicatement, comme si j'avais peur de réveiller un bébé. Puis j'ai marché sportivement jusqu'au studio.

Pas de Katia sur le chemin, pas de Kevin non plus. Au calme pour réfléchir posément.

Je n'ai intentionnellement pas parlé des deux autres mouchoirs à Kirsten. Tout ceci est tellement stupéfiant. Se pourrait-il qu'elle ait abandonné deux autres enfants ? Avec le même mouchoir et le même souhait pour le prénom de l'enfant ? Invraisemblable.

Laissons du temps au temps pour le moment.

Je rédige un mot et le glisse sous la porte de ma voisine d'en face.

C'est moi qui ai votre mouchoir.

Venez me voir, j'ai découvert des choses étonnantes et bouleversantes dont je dois vous faire part.

Vincent votre voisin épatant

Et je me suis couché.

«Je passerai dimanche soir, pour une tisane vers vingt et une heures si cela vous convient - Katia, votre voisine sympa», m'avait-elle répondu.

«Parfait ! Vincent votre voisin satisfait», avais-je griffonné en retour.

Ça fait donc plus de quarante-huit heures que je piaffe à l'idée de sa venue. Impossible de me concentrer sur autre chose. La voici.

Je l'invite à s'installer dans le sofa tandis que je lance la bouilloire. Et je lui raconte. L'incroyable histoire de son mouchoir. Je ne dis pas tout. J'ai même employé un pseudonyme pour Kirsten que j'ai rebaptisée Ebba après avoir consulté sur le Net, la liste des prénoms féminins danois. Je me garde bien également de donner l'adresse de Kirsten. J'attends de voir la réaction de Katia. Elle est calme. Émue, mais très calme.

— Mais Vincent ? Si cette femme n'a aucun

doute sur l'origine du mouchoir, alors...

— Alors les deux autres mouchoirs ont certainement la même cause et la même origine. J'ai du mal à accepter cette éventualité, c'est tellement énorme. Mais je n'en sais pas plus actuellement. Ebba était tellement bouleversée lorsque je lui ai présenté votre mouchoir... Elle m'a raconté une partie de son histoire, celle de votre naissance, mais je n'ai pas osé la questionner sur la suite de sa vie, et me suis bien gardé d'évoquer les autres mouchoirs.

Elle s'est levée.

— Je vais rentrer Vincent. Me remettre de cette émotion. Je pense qu'ensuite bien évidemment j'aimerais rencontrer cette femme... Sans la juger...

— Je suis heureux de vous l'entendre dire.

— Comment l'avez-vous connue ?

— Je vous raconterai tout cela Katia, c'est promis.

Ben oui, pas maintenant.

Kirsten vit à moins de huit cents mètres de la Place Duchesne. Pas envie que Katia s'y précipite une fois que je lui aurai dit qu'elle vit au-dessus de la librairie.

Un mois plus tard

Studio, 23 Place Duchesne

Vlam !

Je fais un bond.

La photo de tata Nouella, cloutée au mur, vient de tomber.

Ça m'a toujours intrigué ces choses qui se décrochent un jour sans crier gare. Ça reste accroché pendant des mois, voire des années dans certains cas, et tout à coup, sans raison et sans prévenir, ça tombe. Ils sont là, les tableaux, les photos, les décos, accrochés à leurs clous, personne ne leur fait rien, et eux, à un moment donné, plaf ! Ils tombent. Pourquoi à ce moment-là et pas un autre ? On ne sait pas. Qu'est-ce qui est arrivé à ce clou pour que d'un coup, il décide qu'il n'en peut plus ? Où serait-ce une manifestation paranormale de Tata Nouela ? Ça faisait peut-être un moment qu'ils en parlaient, elle et le clou. Ils en discutaient peut-être tous les soirs, depuis des semaines ! «J'en ai marre, je suis fatigué de te porter... »

avait piaulé le clou. «Et moi donc ! Tu crois que ça m'amuse de passer ma vie en l'air alors que j'ai un vertige pas possible ? » s'était plaint le portrait. Et puis finalement, ils se sont mis d'accord pour une date, une heure, une minute. « Bon, t'oublies pas que dans trois jours, je lâche tout », avait dit le clou. «T'inquiète pas pour moi, c'est bon. Alors d'accord pour le 12 juin, en fin d'aprèm vers cinq heures». «J'aimerais mieux six heures moins le quart». «Okay. Allez, bonne nuit» ! Et le jour J, 12 juin 2024, six heures moins le quart, vlam !

Encore une chose à laquelle mieux vaut ne pas trop penser.

Ceci dit, et à condition de laisser ma pensée ultra-rationnelle de côté pour une fois, si la chute du mur du portrait de Tantine était vraiment un signe à mon attention ? Un message subliminal, une réponse à la question que je me posais à l'instant, debout devant la fenêtre, les yeux rivés sur le phare.

Je me demandais si je n'allais pas céder mon studio à Kirsten. Et intégrer sa chambre au-dessus de la librairie. Lui donner l'opportunité de finir de vieillir entourée de ses filles. Et oui. Car c'est bel et bien le fin mot de l'histoire.

Jour après jour, de tisanes en bolées de

cidre, de tartelettes sucrées en caramels au beurre salé, la douce danoise m'a raconté toute sa vie.

Comment, six ans après la naissance de Katia Bodéric, elle épousa un homme divorcé père de deux enfants, ne souhaitant pas agrandir sa famille. Comment Kirsten à l'âge de trente-trois ans, tomba de nouveau enceinte accidentellement. Son mari la contraignant à abandonner l'enfant. Katia Morvan. Qui a appris récemment, que la sœur de son père adoptif s'était noyée dans la Manche à l'âge de sept ans. Elle se prénommait Katia. Kirsten quittera son mari trois ans plus tard.

Á quarante ans, elle vivra une histoire passionnelle avec un homme beaucoup plus jeune qu'elle. Dont elle attendra un heureux événement qui comblera de joie les deux amants. Il se tuera dans un accident de voiture, alors qu'elle était enceinte de huit mois. Dévastée, elle abandonnera encore une fois. Katia Riou.

«Va Vincent, va... Tu as fini ton roman, tu as rendu ses filles à Kirsten Madsen, il est temps de quitter ton nid, et de vivre autre chose. Va donc faire le fou avec Johnny au-dessus de la librairie».

C'est sûrement ça le coup du clou.
C'est un message de Tata.
Je vais écouter sa voix.

— Vincent ! Tu as du courrier !

C'est la voix de Johnny en bas de l'escalier.

— J'arrive !

Je chausse mes tongs et descends.

Johnny me tend une carte postale.

Je souris.

Une missive des Danoises. Elles sont parties toutes les quatre à Bornholm. Kirsten, Katia, Katia et Katia. Pour un séjour de quinze jours. Elles en auront des choses à me raconter à leur retour.

On fêtera ça dans mon ancien chez moi. Là où Kirsten vit désormais. Entourée de ses trois Katia.

Je suis bien au-dessus de la librairie moi. Je file un coup de main à Johnny de temps à autre, on se fait des barbecues chez ses potes, j'ai agrandi mon réseau à Saint-Malo, pas rare que je parte à la pêche en bateau, et je continue d'exploiter le filon de Tata Nouela avec Benoît.

En ce moment, on peaufine le livre illustré, c'est gratiné. Jamais autant rigolé. C'est le pied.

Merci qui ?
Merci la vie.
Merci Tata.
Merci les trois Katia.
Merci à Toi, mon nouveau Moi.

FIN